KB046396

조재훈 문학선집

일러두기

- 제1 · 2권은 시선집이다. 제1권은 미발표 시들 가운데서 최근순으로 가려내고 이를 여섯 권 시집의 형식을 빌려 엮었다. 제2권은 그동안 간행된 네 권의 시집을 발간순으로 모았다.
- 제3권은 1부 동학가요연구, 2부 검가연구, 3부 동학 관련 논문으로 구성되었다.
- 제4권은 1부 백제가요연구, 2부 백제 시기의 문학, 3부 굿과 그 중층적 배면으로 구성되었다.

조재훈 문학선집 1

시선 I

솔

시인의 말

나는 아직 시를 잘 모른다. 샘물처럼 깊은 곳에서 솟는 예지의 노래로 알 뿐. 그러나 시는 나에게 더듬이(안테나)이며 집게이다. 또한 병원이다. 릴케 말마따나 쓰지 않고는 못 배길 때가 많다. 그때 참지 못하고 쓴다. 시는 감성의 산물이지만 우리 삶의 둘레를 떠나서는 존재하지 않는다는 게 시에 대한 나의 믿음이다. 믿음에 따라 나는 나의 길을 가고 그 길이 우리의 길이 되기를 꿈꾼다.

차 례

제5시집

하늘 나는 물고기

| 차 례 |

제5부 나는 나의 적

제1부

새들이 일구는 땅

새들이 일구는 땅

깊은 하늘로
새가 날아간다
해 오르기 전
제일로 먼저 눈 뜨는 것은
새
날개가 있기 때문이니
뜨거움은 날개
우리에게도 날개가 있다
아직 가 닿지 않은 곳을
찾으려는 꿈과
보이는 것을 꿰뚫어
보이지 않는 것을
캐어내는 열망의
눈 덮인 저 처녀지
우리 앞에 끝없이 끝없이 펼쳐 있다
라면을 끓이고 막소주로
자취방을 달구는 고독이
어느 날 치솟는 힘이 되어
파도를 헤치고 쉿쉿
물고기처럼 뛰어 오를 거다

스무 살과 스무 살 너머
펄럭이는 깃발이
미래의 들녘을 일굴 거다
쌓인 숙제와 숨가쁜 초침 앞에서
오늘 쫓기듯 헤매인다 하여도
사랑 · 평화 · 평등
가르침의 집을 지을 거다
튼튼한 집을 세울 거다
일찍 눈을 뜨는 우리는
가슴 뛰는 젊은
새
창공을 가로 질러
잠든 땅을 일굴 거다

저, 흐르는 강물

가르치는 자
배움을
게을리 하지 않느니

강원도에서 전라도, 제주도까지
서울에서 경기도, 경상도까지
충청도 고을고을 모인 젊은 꿈

언제 어디서 만나든
눈빛만 보아도
정겹고 반갑다

한 어머니
공주대 넉넉한 배움의 품
크낙한 젖줄이여

밑줄 그으며 날 새워 읽은
활자마다 벌떡 일어나
깃폭처럼 펄럭인다

한 핏줄의 켕기는
저 강물의 융융한 흐름을 보라
저 밤하늘 총총한 별들을 보라

겨레의 따뜻한 스승으로
대지를 갈아 씨앗 뿌리는 쟁기꾼으로
기계 돌리는 공장의 힘찬 팔뚝으로

새날을 가꾸어 가는
당당한 앞날의 걸음걸음마다
활짝 피어나라

앎을 차곡차곡 쌓아
힘으로 바꾸는 자
늘 푸르른 젊음으로 넘치느니

오, 5월

오월의
역사는
핏빛이다

완강한
벽에
총알자국

아직
여기저기
남아 있다

오늘
모든 상처 위에
철철 햇살이 쏟아져

부지깽이도
꽂으면
싹이 튼다는

오, 우리의 5월
쓰러져
일어나는

묵은 땅
쟁기로
갈아

망각의
땅에
씨를 뿌린다

알

알은 둥글다
달처럼
둥글다
뽀오얀 얼굴을 하고 있다
보이지는 않지만
조용히 숨을 쉰다
색색 아가인 양
따뜻하게 품어주면
날개 달린 새가 된다
알은 다숩다
나무 열매처럼
다숩다

바람의 기도

선한 자의
기도여
그의 굽은 등에
화평과
영원을
주소서

아름다운
음악으로
가득이 흘러
예술은
깊은 밤에
태어나는 것

어미 짐승이
새끼를 핥듯이
고루고루
따뜻한 집에 돌아와
하루의 양식을
끓이게 하소서

눈물 한 방울

어둠
속에서
서로 길이 달라
싸우다
사라져도
네
한 방울의
눈물로
나
다시 태어날 거다

태어나
심산유곡
새벽 종소리로
날아다니다가
부여나
공주 어디쯤
네 뜰 한가운데
보일 듯 말 듯
연蓮 한 송이로
나 피어날 거다

시, 맨 나중

한때
쓸쓸한 마음
저편을
따뜻하게 보듬던
또는 노을 같던
너

이제
사나운 바람과
차가운 계산에
시달리는
신세가 되었다

몇 백년을
더 걸어야
터벅터벅 걸어야
몇 동이의
술을 마셔야
미친 듯 마셔야
만날 수 있을까

너

세상에서
제일로
단순한 건
맨 나아중에
숨은 듯
있는 것인가
정말 있는 것인가

둥근 길

올라가는
길이 있으면
내려가는
길도 있다

올라가는 길은
늘 흥분의 계단이지만
내려오는 길은
맑고 정하다

바다
가슴 열고 출렁이는 여름
그곳은
모르게 지나가고

눈발 날리어
산맥을 넘는 겨울
그곳은
발자국을 남긴다

내려가는
길이 있으면
올라가는
길도 있다

가파른 삶의 비탈길에서

날이 흐리다
무릎에 파스를 붙인다

아직 할 일이
많이 남아 있다

밭도 기다리고
책도 붙든다

내어야 할
세금이 또 얼마나 많은가

더러 까닭 없이
잠도 오지 않는 밤이 늘었다

불을 끄고
세상일을 덮는다

별을 찾아
날개가 퍼덕거린다

비가 오시려나

손마디가 쑤신다

노마드

임자 없는 땅에서
잠시 임자가 되어
게르를 친다

양과 염소와 야크
사막의 풀을 먹는
네 발의 짐승

그들이 주는
젖과 고기에
기대어 산다

풀이 다하면
다시 게르를 풀어
싣고 떠난다

전기가
오지 않아도
아쉬울 게 없다

짐승과 더불어
짐승이 되어
날아가는 바람

돌로 쌓은 오보 머리에
오색 깃발이
펄럭인다

목마른 돌 · 1

먹는 게
어디 물뿐이랴

어디선가
무심코 떨어진

불의
뼈들

목을 축이듯
물을 먹는다

빗물은 그중
약이다

오다가다
산 것들은 발로 차지만

내 조상이
네 조상인 줄 모른다

목마른 돌 · 2

돌에게는
시간이 없다

감옥에
갇혀 숨쉴 때

별이
천국이다

딸꾹질 하며
물, 안으로

말없이
보낸다

목마른 돌 · 3

내일을
버티지 못한다, 고
말한다

머리맡에
하얀
몽돌 하나

목이 타지만
훌쩍, 물
한 모금 마시고 싶지만

누구도
줄 수 없다, 고
말한다

제2부

속이 깊은 물

속이 깊은 물
바이칼호

겉으로는 안 그런 척
속이 깊다

땅위의 제일로 높은 산보다
더 높은 산
살고 있다

산을 품고
바람은 뿌리야트의 살갗으로

말없이
수면 위를 지난다

푸르른 깊이
위에
갈잎배 띄우면

아득히
엎드린 알타이의 핏줄
숨은 강줄기로 솟는다

연蓮

처염상정處染常淨

뿌리
아홉 개의 구멍
중심에 하나

어디나
갈 수 있는
수레바퀴다

비워라
비워
비워놓고

진흙에
발목 잠그고
피어 있는

하늘의
꽃
맑은

물
위에
뜬

촛불 · 1
포탈라궁

불 타는
여름날

라사에 가서
이른 아침

포탈라궁을
찾았다

어두컴컴한
벽 안

앉은뱅이
촛불이

수백수천
타오르고 있었다

티벳 노스님의
번들거리는 이마

욕망의 미로 속에서
길 찾기 쉽지 않았다

촛불, 어느 곳에서나
전생의 뿌리가 타고 있었다

꿈꾸는 절망

달려 온 절망이다
땅에 등을 꺾은 절망이다
만 마리 물고기가
헤엄쳐 기어와
만 마리 돌이 된
크낙한 절망이다
나지막하게 칡꽃이 피어
바람에 흔들리는
고요한 골짝에
저마다 가슴에 종을 품고
뎅그렁뎅그렁 우는
힘찬 절망이
잠자코 누워 있다
들끓는 바다의
펄펄 파도가 되어
꿈꾸는 절망을
여윈 손으로 어루만지면
가슴은 아직
펄떡펄떡 뛰고 있다

겨울 떠돌이
장곡사長谷寺

겨울 해는 짧았다
걸어 걸어서 칠갑산 장곡사에 갔다
어귀의 느티나무가 벗은 채 서 있었다
한 집 두 집 불이 들어 왔다
늙은 장승이 툭 튀어나온 눈에 헤 입을 벌리고 있었다
술 가게에 들어가 빈속에 소주 몇 잔을 털어 넣었다
별빛 무더기가 숨었다 나타났다 철렁철렁 쇳소리를 냈다
상하 대웅전은 다 놓으신 듯 깜깜 절벽이었다 고려적 철불도 보
이지 않았다
엉겅퀴 마른 가지에 가는 바람이 휘적휘적 지나갔다
지난 해 늦은 봄 알 품은 뱀이 느리게 기어가던 번쩍이던 그 살갗
도 보이지 않았다
누구의 이름이라도 가만히 부르고 싶었으나 숨어 나오지 않았다
빈 나무에 기대어 이 세상 그중 낮은 소리로 나무, 그렇게 불렀다
절간 요사채 검은 아궁이에 붉은 불꽃이 날름거렸다
돌이 돌로 이어진 긴 길을 점자를 읽듯 더듬거리며 내려왔다
계단 저 아래로 어둠이 막무가내로 깔려 있었다
어느 새 눈이 발목까지 쌓였다

뭍의 물고기

만어사萬魚寺

억겁의 붉은 파도 가르며
쉿쉿 힘차게
수만리 꼬리치며 달려온
수천수만의 물고기
무슨 빛이 살고 있었는가
산으로 산으로 올라
처억처억 쓸어져 누운 돌이어
시인은 뭍에 사는 물고기
묻힌 날개, 알에서 태어나듯이
등 푸른 너의 침묵을
믿어도 좋으랴
가슴을 치면 뎅그렁 뎅그렁
감춰둔 종소리 울리는
그 울렁이는 음악을
바다 열고 뜨겁게 품어도 좋으랴

또 부여에 와서

내일 날씨는
대체로 흐리고
때때로 비가 오겠음

눈이 맞으면
살다가 어린애도 낳고
어린애는 커서 군대도 가고
또 그 애도 눈이 맞아
살다가 아이를 낳겠음

살아서 잘 살아야
죽어서도 잘 산다고
부여는 낮잠 자다 일어나
걸어가는 아이들에게
말문을 염

밥상의 계급

여섯
식구
아버지 어머니
네 형제

밥상에
차례로 둘러앉는다

제일 큰 사발
쌀이 팔 할
숟가락 젓가락이
정해져 있다

그 다음은 큰아들
좀 작은 사발에 쌀이 사 할
여기서부터 숟가락 젓가락은
맘대로 무순

그 다음은
같은 사발에 보리가 칠 할

그 다음다음은 보리가 팔 할

그렇게 내려가다가
마지막

상 아래
보리누룽지 엄마밥

나는 큰아들
빨리 어른이 되고 싶었다 까마득 했다

물고기의 탄생

창세기의 바다 깊숙이
한 마리의 빛이
서서히 헤엄을 쳤다

많은 산과 사람
많은 바위와 길
그런 것들이 숲이 되어 있었다

빛은 말이 되었다가
살을 얻어
물고기가 되었다

끝없는 물속을
헤치는 물고기떼
그 천둥의 하늘

어느새
하이얀 새 되어
홀로 날고 있었다

물고기의 전생前生

너 안에
바다가 있고
그 바다 안에
섬처럼
내가 산다

밤하늘의
무수한 별들이
우수수 우수수
가을 열매처럼
떨어진다

열매들은
물고기 되어
지느러미
쫙 펴고
노를 젓는다

동 트는
동으로

또 동으로

떼 지어 날은다

노오란
민들레 홀씨

잎 트는 4월
저 끝없는 하늘

빼앗긴
꿈, 일어나누나

가진 자의
제물로

사라진
넋

저 세상
가난 없는 곳

줄 없는 사람
죽지 않는 곳

거기
늬, 나이 잃지 말고

살아라
촛불처럼 그대로

팔팔
살아라

목어木魚

동그란
눈

언제나
떠 있다

작은 나무공이로
치면

딱따구리
생나무 뚫는 소리

옴
옴

허공으로 갔다가
다시 돌아온다

눈 뜬
물고기

아가미도 없다만
지느러미도 없다만

훨훨 하늘 나는
물고기

이제야 세월호가 물위로 뜨는구나

찬물 속에서
얼마나 추웠니
얘야 얼른
집에 가자

세 해토록이나
바닷물에
뼈와 살이
다 녹아

못된 세상
못된 나라
가난한 부모한테
태어나서

발길에
채이는
돌멩이마냥
채이다가

꿈 다
접고
부모 탓하다가
한 뉘 마친

얘야
불쌍한
내 새끼야 배고프지?
어서 집에 가자

어머니 나라말

살던 옛집
허물어지고
땅값이 떨어져
산에 나무 베어지고
맨살이 드러났다

어릴 적
다듬이 소리로
다독이시던
사람내
조선말

세상
바뀌니
모두 다
어디론가
쫓겨났다

장독대
진간장 같던

수수하고
구수한
말

신김치맛
십년 묵은 체증
싹 고치듯
쉽고 감칠맛 났었다

이제
고향
찾아가도
덩그러니
빈 무덤만

악惡의 천국天國

갑오년 사월 열엿새

갑오년
새날 새아침에
나는 깊은 숨을
쉬었다

저때나
이때나
빌붙어 으름장 놓는
세력들

강하다는
미국에 일본에 붙어
가난한 백성을
착취하는 정치가, 자본가들

마침내
세월을 못 견디고
배
진도 앞바다에서 침몰했다

삼백여 명의
약한 사람들을
제물 삼아
바다 깊이
수장시켰다

살려고
발버둥 치다
죽은 사람들은
거의 가난한 집 학생들

돈도
줄도
없는
꿈 많은 사람들

선거에서 이긴
선거에서 싸놓은
거짓
그걸 감추려고

새 선거에서
헤쳐
나가려고
권력이 죽인 것

왜 직접 나서서
지휘하지 않고
구원파의 유병언 목사를
적으로 삼았는가

폭로하고
외국으로
튀면 그만이라는
생전의 그의 말

전국 반상회까지
열게 하여
증오심을 그에게
집중시킨 부패의 권력

부패는

늘 호화로운 궁에서

법을

제 입맛에 맞게 만들고

사이비

언론이라는 것들

경찰이라는 것들

검찰이라는 것들

국회위원이라는 것들

모두모두

최고 권력의

튼튼한

울타리 되어

철면피도

그런 철면피가

없는 악

가면의 애국지사들

입만 벙긋 하면
다짜고짜
빨갱이로 몰아
벼랑 위에 세운다

아
부끄럽다
이 나라
더러운 나라

유목사
잡아놓고
살 발라 뼈 발라
생선 가시처럼

한 일자 뉘어
어느 묵정밭
귀퉁이에
내어놓고

뭐가
무서웠나
손바닥으로
해를 가리나

거짓
거짓
또 거짓
거짓말의

저
무서운 칼들
저
무서운 돈들

오천 년
우리 역사에
이런 더러움이
또 어디 있는가

제3부

봄은 오는가

봄은 오는가 · 1

봄은 다리가 아픈가 봐
나비등을 타고 오는 걸 보면

이 강산에
과연 봄은 오는가

꽃은 철 되면
절로 피지만

멋대로 큰 나라
대추 놔라 감 놔라

사람의 일
심술이 있어

오다가
갈 때가 있다

눈물 나는
남북의 봄이어

어서 오라

성큼 오라

봄은 오는가 · 2

겨울
옷이
무겁다

무거운 것
하나 둘
모자를 벗는다

지난 겨울
남녘으로 날아간
새, 돌아오는가

거리엔
두 손 잡은 짝들이
부쩍 늘었다

모처럼 나오니
딴세상에 온 듯
어지럽다

말을 살리라

중환자, 우리말·우리글

말이
깊이
병들었다

말이 병 들면
사람도 따라
병이 든다

말은 말인데
어느 나라
무슨 말인지

가는 사람
붙들고 물어도
아는 이 없다

우리는 왜놈의 36년
말과 글 빼앗기고
산 적이 있다

말 찾고 글 지키려고
싸우다
감옥에 가고

감옥에서
세상 뜬 분들을
가슴에 담고 있다

어떻게
지키고 키운
우리말 · 우리글인데

남의 나라 말과 글
마구 쳐들어와
제 세상이 되었다

그래야
사람대접 받는
세상이 되었다

조상의
피와 숨결 밴
우리말 찾아

깊은 잠
이만
깰 때가 왔다

어디 갔나
우리말

아무 슬픔도 없이
고향을 떠나듯
어머니말을 버린다

가게 이름이나 과자 봉지
텔레비 라디오 신문도
다른 나라 말 천지다

수천 년 이어내려
마음을 서로 잇고 나누는
우리말이 쫓겨나고 있다

바르고 큰 한글의
지켜온 배달말은
다른 나라 말이 되어간다

넋 그만 팔고
우리말에 숨을 넣어
싱싱하게 살리는 건 우리 일이다

얼이여

자본 따라 달아나는 넋이어

우리가 사는 길은 우리말 살리는 길이다

돈나라, 천국

하느님도
돈 좋아하시는 줄
나는 몰랐네

가난이 질렸는지
부자가 바치는 돈을
마다 않고 받으시고

주는 돈 액수 따라
천국에도 층이 있는지
자리를 각각 약속하시네

가난한 자
복이 있다 하시지만
어디 가나 지옥이네

하느님만 그런 줄
알았더니
부처님도 한가질세

삐까삐가

외제차

몰고 온 사장님 마님들

지금도 극락인데

저 세상에서 극락 가려

금은을 바치니

목탁소리 갑자기

커지면서

온갖 복 다 빌어주네

빈자일등貧者一燈이란 말

들어나 보았나

어디 가나 천덕꾸러기라네

(뭐, 이러면

불속

지옥에 떨어져

아귀가 된다구요?)

금金

나
금金이다
어디 가나
법이다 힘이다
당신이
좋아하는
자유다
내가 지나가면
모두
허리 굽혀
절을 올린다
나의
말은
칼이어서
말 안 듣는
못된 것
단칼에
벤다
세상
언제

어디서
누구나 무어나
무릎 꿇고
신이라 모시는
나는 금이다
왕 중의
왕이다
신 중의
신이다
(실례지만 몇 문 신이지요?)
할

멍개 빨간 열매
우금티

우금티
S자 고개
허덕허덕
개굼치
올라서면
갑오년 겨울
겨울비
추적추적 내리던 날
시호시호時乎時乎 이내시호以乃時乎 부재래지不在來之 시호時乎로다
왜놈 총칼에
쓰러지고 또 쓰러지던
넋,
흰 수건 질끈
머리에 두른
삼남 골골 이십만의
천지 떠나갈 듯
횃불의 함성
묻힌 뼈
멍개 넝쿨
빨간 열매로
맺혀 있다

우금티

놀뫼에서
무네미까지
십만 이십만
용처럼 꿈틀꿈틀
보국안민輔國安民
깃발 휘날리며
북 치고 징 치고
대동세상 외치던
농투사니
배달의 얼들
죽창 들고 싸우다
조총 맞고 쓰러져도
또 쓰러진 위에
쓰러져도
척양척왜
활활 불타올랐다
그 쓰러진
피의 땅위에
도도한
겨레의 강물
길을 내었다

촛불 · 2

밤하늘의 별이
하나도 빠짐없이
출석한
서울
광화문의 밤

나
여기
살아 있다!
삶의 뜨거운
선언宣言이 타오른다

강하고 강한 것의
비만한 몸에
세균처럼 붙어
하늘 닿게 떵떵거리며
스스로 법이라 하던 것들

가라
가라

진실로 산다는 것의
힘과 아름다움은
싸움에서 태어난다

싸워야
하늘이 열려
사람이 하늘 되고
하늘이 사람 되는
그런 새 세상이 온다

하늘로 가는 배

배는 떠나 하늘로 끝을 가누나 —소월

바다를 가르며
흰 길을 내는
꿈의 망명亡命,
탈출 끝에
먼 하늘이 있다

골방에 갇혀 있는
날개와 피의
오솔길이 열려 있다
치달아 올라가는
산꼭대기

찢어진 깃폭이
경전經典처럼
펄럭인다
비 새는 지붕 아래
물이 고인다

시베리아 북소리

우랄의 동쪽
해 뜨는 땅
너른 벌에 씽씽
눈발 날리면

둥둥
북소리
바람에
말을 달린다

마른 뿌리
물오르고
병든 것 다 나아
싱싱하게 일어선다

돌무더기마다
빨강 노랑 파랑의 룽다
하늘의 물고기 되어
팔락거리면

알타이
굵은 팔뚝
해 뜨는 하늘
높이높이 솔개가 날아오른다

제4부

바람 발자국

바람 발자국

1

살구꽃 구름처럼 핀
낡은 초가집
흙담 너머로
동글동글한 공동묘지가
잠들어 있었다
그 등 뒤로
바다 한쪽이
반짝거렸다

2

도마뱀이
두리번거리다
재빨리 달아나는
산기슭
개암나무 떡갈나무
난쟁이 푸른 잎에
꿀물이
번쩍거렸다

3

바닷가

도비산

동절 돌담

그 아래

돌샘

일 년 내내

입술을 열면

까까머리

동냥

앳된 스님이

그걸 넋 놓고

바라보고 있었다

4

부스스 부스스

사람이 다니지 않는

신작로

행길 양 언덕의

핏빛 붉은 흙이
속살
내놓고
시도 때도 없이
흘러내렸다

5
다까하시 선생은
시집 안 간
소학교 일학년
코흘리개
담임선생님
첫 시간에
낡은 흑판에다
두 손으로
튤립을 그리게 했다
이듬해
해방이 되자
보이지 않았다

자기 아버지 따라

자기 나라

섬으로

돌아갔다고 했다

아직 그때처럼

내 가슴 한 켠이

텅 비어있다

물고기

티벳 토박이는
물고기를 먹지 않는다
잡지도 않는다

그물로 떠
물고기를 잡아다
파는 사람들은
티벳 사람이 아니다

사람은 죽어
물에 씻기어
불에 탄 육신이
물로 흘러가는 걸 안다

높은 산꼭대기
빙빙 도는
솔개의 혼 앞에
이승의 삶을 놓는다

티벳의 물고기는

낮에도 별이 뜨는

하늘 저편에

산다

왼손에 대하여

이 세상에서
깨끗한 것이 있을까
사르트르던가
어느 철학하는 이는
바른손보다
왼손이 훨씬
깨끗하다고 했지
악수를 하지 않으니까

집에 돌아오면
무엇보다
손부터 씻는다
바른손을 더 공들여
비눗물로 씻는다
헛웃음과 함께
헛말을 털어낸다
좀 가벼워지는 느낌이다

온 하루
비가 와

내 안에 갇혀

왼손의 외로움에 대하여

감사해 하고

왼손의 무능에 대하여

마음껏

축복을 보낸다

하늘 나는 물고기 · 1

조선의 상달
저 푸른 하늘
깊은 바다를
쉿쉿 떼 지어
나는
물고기를 보아라

서에서 동으로
남에서 북으로
동에서 서로
북에서 남으로

은비늘
번쩍거리며
지느러미 활짝 편
저 푸른 날개 끝으로
해와 달의
무지개빛이
눈부시구나

떠나지 않고는
만날 수 없는
저 싱싱한 고기떼
고기떼의 푸들거리는 비상

은하수
미리내를 건너서
하얀 새처럼
날아가는
팔천만의 고기떼
단군의 얼로
일렁이는 물넝울

어디에
누가 갈라놓은 삼팔선이 있느냐
어디에
누가 쳐놓은 휴전선이 있느냐

하늘 나는 물고기 · 2

휘익 휘익
다 벗고
하늘 한복판
나는 물고기

해가 가는
자리에
달이 도는
자리에

눈 덮인
히말라야
먼 별
흐르는 별처럼

스러진
인연의
깊은 허공을
힘차게 가르며

쉭 쉬익

빈 몸으로

몸도 버리고

나는 물고기

가을 햇살

살아 있는 것은
섬이다

깊은 바다의
출렁임에 서 있다

뿌리는
수직으로 뻗어

언제나
흰 손수건을 흔든다

새 한 마리
머리 위로 날을 뿐

고행苦行

노도 없이
놋대를 저어가는
끝없는 사막의
바다

모래 위에
모래알로
바람 따라 구르는
하얀 뼈의
길이어

옛적
서역을 찾아 고행자는
맨발로
걸었느니

다문 내 입을 열어다오

세월호의 혼잣말

올해도
봄이 와
산천에 가득
꽃이 피는데
사라진
맑은 넋이여
어느 날
꽃이 되어
돌아올거나
촛불이 되어
광화문
어둠 밝히고
방방곡곡
고을마다
불붙어
들불이 되어
깊은 잠
깨우더니
세월이 가면
세월처럼

나 조금씩 삭지만
더 삭기 전에
열어다오
굳게 닫힌 내 입을
얼어붙은
말문을
활짝
열어다오

끝

크고 작은
별들이 세포처럼 또는
난자를 찾아가는 올챙이처럼
그러나 줄 서는 차례처럼
무한 바다를
무슨 목표도 없이
향해하는 밤

너는 혼자다, 더러
독한 술 들이키고
주문처럼 무언가
중얼대지만
너에게는 동서남북도 없다
거대한 폭풍 앞에서
언젠가 고요히
침몰한다

법은 법을 낳아
법은 법을 죽인다
땅위에 척도가 없는 것처럼

하늘 위에도 경전은 없다
그걸 아는 것은 뒤늦은
희망이지만
희망이 곧 절망이라는 걸
누가 모르랴

백제의 혼魂

눈물이
뜨거운 자만

금강이
보인다

백제가
보인다

백제가 가슴에
사는 자만

들풀의 숨소리를
듣는다

마당마다 타오르는
들불소리를 듣는다

백제여
낮은 땅의 숨결이여

꾸준히 기어가는 힘이
집을 세운다

초가삼간
붉은 언덕 위

하이얀
찔레꽃 피는 집

백수광부白首狂夫의 노래

어이하랴
술 없이
이 세상
어찌 살리야

어지러운
흰 머리칼
강바람에
날린다

나라 잃고
늙은이
새벽 강물을
건넌다

가난한
아내
따라와
그만 돌아오라 울고

강은
뼈만 남은
육신을 삼키고
무심히 흘러서 간다

넋 놓고
아내
슬픈 노래 남기고
뒤를 따랐다

어허라
천년만년
강물은 흘러가고
그 노래만 남았다

히말라야 소금

1

머리 위에 왜
백두는
물을 이고 계신 지

머리 위에 왜
히말라야는
눈을 이고 계신 지

아는 이는 아느니

2

둥둥 칠흑의 어둠 속
거대한 땅덩이가
물 위로
이리저리 흐르다가
서로 엉켰다

격정의 높이에

사시사철 하얀 눈

늘 온몸을 가리우고

수도자처럼

서 있다

대낮에도 별이 뜨는

바람 부는 고요와

그 안의

목숨 고누는

밧줄의 소금

불타는 바다

황홀한 전율의

노오란

한 점 사리,

고뇌의 뿌리여

뼈를 빻아

캄캄한 아랫도리

씻어 내린다

마른 뼈
씻어 내린다

제5부

나는 나의 적

나는 나의 적

눈 뜨자
나는 나와
싸운다

뭐 무서워
말 한마디
제대로 못 하고 죽어 사는가

분노를 삭이며
맘에 없이
허허 웃다 입 다무는

나는
나의 적

주는 밥
꼬박꼬박 챙기며
살아온 나날

나는 내가

미워
나를 묻는다

비틀거리며 홀로
달동네 골목길
오두막에 돌아와

그런 내가
가엾어
나를 달랜다

절망도 때로는 희망의 거름이거늘

절망도 때로는
희망의 거름이거늘

오늘 우리의 일식이
내일의 태양이 됨을 믿자

가난과 핍박으로
숨쉬기 어려운 나날

살아야 할 이유는
단지 내일이 있어서다

끼리끼리 사돈 삼는
자본의 모진 나라에서

살아갈 길은
줄 없는 사람끼리 모여

밧줄이 되는 일뿐이다
뭉쳐 힘이 되는 일뿐이다

보길도에서

난생 처음
섬에서 하룻밤을 잤다

자정이 가까워 오니
파도가 울기 시작했다

나중에는 이를 악물고
울부짖었다 짐승처럼

불 꺼진 창문을 흔드는 그 소리는
육신을 산산이 부수었다

다음날이면
땅 끝으로 가는 배를 탈 텐데

영 여기에서
몽돌이 되어 하얀 뼈로 잦아들 것 같았다

자다가 홀로 깨어
밤하늘의 별을 헤이면서

풀무덤이 살던
보길도의
그 밤을 만난다

흰옷 입은 사람들

바다가 둥글게 감은
태안
백화산
허리

무명옷
정하게 입은
원북서 이북서 근흥에서
온
하늘 보고
농사짓는 사람들

갑오년
하늘 모신 죄로
작두에 머리 잘린
아버지 할아버지

쌓인 한 풀러
구름처럼
하얗게 모였다

작두는
아직 살아
그것 앞에 놓고
흐느끼는
흰옷 입은 사람들

다시
일어나
산이 울고
일어나
바다가 울고

무슨 말인지 모르는 말 앞에서

뜻도
잘 모르면서
혀 꼬부라진
다른 나라 말 섞어
생사람
잡는
학자시어

다른 나라 말로
쓰여진 건
예로부터
참 진眞 글 서書
진서眞書라
했던가

꼬부랑 글씨에
꼬부랑 말씀
입만 열면
라면발처럼
쏟아지는 말씀들

모른다고
했다간
영 무식쟁이로
짓밟힐 것 같아
그그그러구만요
헤헤 웃으며
맞장구 쳐야 하니

참
사람 사는
세상
다
그런 건지
에잇
에잇

말하라

돈이 법이고
법이 돈인
황홀한 황금의
시대

부글부글 끓는
욕망의 춤이
세상을
덮고 있다

무엇을
배우랴
무엇을
따르랴
마음이 어디 있고
사랑이 어디 있는지

이제 말하라
목숨 걸고 말하라

진리가 무엇인가를
길이 무엇인가를

황야의 외침으로
말하라
말하라

세상의 시작처럼 세상의 끝에서

떼 지어
파닥파닥
지느러미 날개
활짝 펴고
오월
불 꺼진 도시의 상공을
날아간다

하나 둘
꺼진 불이
머언 별인 양
불을 켜고
쇠북종이 울린다

뭍 끝에서
하늘로 올라와
하늘 한복판
기러기떼
날아가듯

쉿 쉿
하늘 물이랑
헤치며
나는
물고기

세상의
시작처럼
세상의 끝에서
싱싱한
몸을 흔들며
서서히 서서히
날은다

하늘 나는 물고기·3

보리밭
일렁이는
이랑이랑
초록 파도
하얀 섬
머리,
고기
한 마리
날아간다

땅위
키 작은 꽃들
빨간 노랑 파랑의
깃발들
날리며
손을 흔들면
어디로 가나
돛단배
길을 떠난다

하늘 나는 물고기 · 4

깃발이 나부낀다
서로 다른 깃발들
별도 많고 해도 많고
달, 곡괭이, 망치도 있다
땅위에
금을 그어 놓고
땅뺏기 싸움이
한창이다
금을 지우며
하늘 위로
싱싱한
물고기가 날은다
법으로 그물 만들지 않고
손으로 사람 가두지 말고
훨훨 UFO처럼
지구 위를 날은다
반짝이는 무수한 별들
살아서 모두 손뼉을 친다
하늘이 서서히
나래를 펴고
내려온다

하늘 나는 물고기 · 5

하늘 열려
바다 끝
고기 한 마리
창공을 날은다

푸른 날개
활짝 펴고
쉿 쉿
파도를 가른다

별이 빛나는
한밤중
별을 뿌리며
힘차게 날은다

강물은 흘러
대지를 적시며
휘파람 부는 날

휘익 휘익

젊은 물고기

남북이 나뉜

대지 위를

온몸 달아 날은다

하늘 나는 물고기 · 6

무릎 꿇고
땅에 엎드려
흘리던
현장玄奘의 눈물

그 무게로
수천수만의
금비늘 은비늘
바다 끝에서 솟는다

크낙한 물고기 되어
해 솟는
나라를 찾아
힘차게 날아간다

번개를 뚫고
번뇌의
하늘 길, 도솔천
열릴 때까지

오늘도 금강은 흐른다 · 1

천년만년
굽이굽이
금강은 흐른다

북녘에서
내려와
남녘물을 만난다

남녘에서
올라와
북녘물을 만난다

하나 되어
서쪽 머언 하늘끝
흘러서 간다

천년만년
가다가 가다가
쓰러진 꿈일까

어둠 내모는
낮은 소망의
촛불일까

출렁출렁
오늘도 내일을 열며
금강은 흐른다

오늘도 금강은 흐른다 · 2

잠들지 못하는
어둠을 밀며
오늘도 쉬지 않고
금강은 흐른다

흐르면 흐를수록
빛이 어울려
크낙한 꿈의 열매
가득히 익는다

흐른다는 사실은
흐르지 않는다
강물 줄기줄기에
먼동이 트면

비단강아
일어서라
어깨 걸고
앞으로 가자

머언 북소리

눈발 날리는
시베리아
하얀 벌판에
북소리
머언 북소리
들린다

머리칼
날리어
달려가는
몽골의 피
별처럼
피어난다

땀을 위하여

굳은 땅 일구어
씨앗 뿌리는
뜨거운 노동,
밭고랑
물을 적신다

밤마다 소나기
풀벌레 울음
하늘 나는
물고기 되어
별을 낳는다

눈발 날리는
만리성 넘어
얼어붙은
새벽강
강을 건넌다

계룡이 무등에게

닭 두 홰째
우니
먼동이 트네

거긴 어떤가
달빛 풀어
망월동

사월 초파일
그 오월의
종이 울리나

쓰러진 혼
천송이 만송이
장미로 피어나는가

여기
정도령은 어디 갔나
보이지 않고

산골짜기
물소리
들리지 않고

적막강산
밤낮으로
바람만 부네

틈 있으면
시간 내어
찾아오시게

총칼
몰아내고
뙤놈도 몰아낸

그날
너른 마당에서
얼싸 안고 춤을 추세나

바다 · 1

1

어지러운
세상일로
신발 다 닳은 이
이리로 오라
모래 뽀오얀
천리만리 모랫벌
맨발로 걸어라
해지면 별이 쏟아지리

2

사랑하는 사람
헤어지고
집을 잃은 이
이리로 오라
푸른 파도
천이랑 만이랑
빈 몸으로 걸어라
하얀 새 한 마리
머언 섬이 보이리

왓소배

귀항歸港

바다 건너 일본 오사카의 백제 후손들이 뜻을 모아 배 한 척을 보냈다. 현해탄 건너 남해안을 거쳐 백마강 어구로 노 저어 왔었으면 얼마나 좋았을까. 배는 공산성이 건너다 보이는 금강의 둔덕에 놓여 쉬고 있다.

왔소 왔소 왓소배
바다 건너 왓소배
읏샤읏샤 고향 찾아
왓소배가 왔소

고마나루 데데울나루
구드레나루
물뫼를 떠나
먼 섬나라 찾아갔던 배

부처님 모시고
천자문 싣고
구다라의 꿈 가득 채워
오경박사 흰옷자락 날리던 배

천 년 하고도 오백 년 지나

그리움 가득 싣고
백제의 옛 꿈이
가던 길로 찾아 왔소 왓소배

고마가람 옛처럼
말없이 흘러가고
손 흔들던 피붙이들
달려 와 왓소배

장하다
오사까의
큰 산으로 자란
백제혼

흐르는 강 둔덕에 앉아
돌로 쌓은 공公자형의
옛 성을 바라보는
왓소배의 나부끼는 깃발이여

지나는 이여

잠시 여기 머물러
돌아온 옛 꿈의 나무배 앞에
두 손 모아 백제혼을 힘차게 노래하라

발끝에 채이는 돌

하루 지나면
하루씩
무언가
줄어드는 것 같다

빠져나가는
살과 뼈의
가는 곳은
어디일까

힘없는
편에 서서
힘이 되려 한
한 가닥 눈물

왜 눈물이
자꾸만
달아나는
것일까

발끝에
채이는 돌
돌처럼
그냥 잠자코 있다

날씨 흐리다가 차츰 갬

산다는 게
날씨와 다르지 않다

웃다가 울다가
울다가 웃다가

어제의 내가
오늘의 내가 아니듯

오늘의 옳음이
내일의 것과 다르다

어느 봄날의 고해

이제 더 이상
돌을 던지지 말라
이래 뵈도
없는 죄밖에 없으니
구름꽃 화안한 그늘 아래
한 마리 벌거벗은 짐승으로 누워
가만히 또 가만히 잠들고 싶을 뿐

연然 · 1

가다가
물 만나면
누구나
어린애가 된다

산 노을
바라보면
누구나
조금씩 산이 된다

애 태울 게
무어랴
바람에 섞이어
바람이 되는 일

그냥
따지지 않고
흘러가는 것
흘러가다 섬이 되는 것

이승과 저승 사이

하룻밤
만리장성을 쌓듯이

하루아침
공든 탑이 무너진다

꽃이 피었다
지는 사이

가깝고도
멀다

철

기쁨은
순간이다

순간이어서
기쁨인지 모른다

산다는 것
살다 보면 잠깐이다

잠깐
몸에 새기는 뼈

난해한
문자

저승에 가도
남는 것인지 모른다

기쁘지 않은
기쁨이므로

엽서

봄이 담긴
손바닥만한 엽서

나뭇잎
편지

20원이
부족하다고 한다

이거요
군대에선 이등병만 써요

일등병만 해도
컴퓨터, 인터넷 다 있걸랑요

허허
난 일등병만도 못 하네

그도
하하
따라 웃었다

짐

나이 드니
짐이다

나에게도
무겁다

남인들
어떠랴

짐진 자
다 이리 오라

땅위 한 성자는
오라고 했지만

노자 없어
갈 수가 없다

나의 짐은
나의 짐

날로

힘에 부친다

제6시집

성문 앞 우물 곁

| 차 례 |

제1부 잎 지는 날의 시력

제2부 잠

제3부 슬픈 되풀이

제4부 유랑의 십구문 반

제5부 업 또는 에비

제1부

잎 지는 날의 시력

기왓쪽 두엇

계룡산 골짜기
물소리 만나러
상신리 웃말을 더듬다가
옛절 구룡사에 들렸더니
절은 간 곳이 없고
그 헝한 자리에
애들 장딴지만한
청무만 청청하데
밭두렁에 굴러다니는
기왓쪽 두어 점 집에 들고 와
책상머리에 모셔 놓았더니
처음 며칠은 맘이 안 찼는지
잠도 자지 않고 뒤채이다가
요즈음은 슬그머니 연꽃도 피우고
추녀 끝 뎅그렁뎅그렁 풍경도 운다네
이젠 아침저녁 공양 울리는 예불 소리도 들리고
귀심지명례 오분향례랑
솔바람 더불어
아제아제 바라아제 반야심경도 들려
지네 가끔 들락거리는 내 웅달이
어느 새 절이 되었네

잎 지는 날의 시력視力

한여름 앞뒤 볼 새 없이
앞으로 나아가던 숨 가쁜
잎이, 누우렇게 시간의 무게로
하나 둘 시나브로 떨어지니
뼈만 남은 앙상한 가지 사이로
안 보이던 것이 보인다
뻥뻥 뚫린 아파트가
거대한 욕망처럼 나타난다
어디로 가는가, 시원하게 뚫린
도道 같은 길도 나타난다
그 멀리 흐린 하늘도 보인다
한때의 홍수 같은 젊음이 가고
떨어질 것 다 떨어져
홀로 남게 되면
보이지 않던 것이 나타날 것인가
가버린 것도 그 뒷모습을 보일 것인가

기막골 물소리

이명언에게

들풀에 둘린
구절초처럼 하얀 집
들꽃 같은
글 쓰는 아내와
물소리에 젖어 사는
고독한 사내
다른 나라말로 끙끙
깊은 이야기 길어 올리는
사람, 벌써 머리카락
희끗희끗 서릿발
밤낮으로
나즉한 물소리에
둥글게 싸여
비단내로 가는
작은 비단내의
맨 처음에서 흐르는
풀내음 소리
늦가을 풀벌레 울음을 닮은
그 물소리
가만히

깊은 밤

잠 못 들어

흘려보내는

하나만, 하나만

아는 사람

강

강江은 가는 것인가
삼월 보리밭 첫사랑마냥
둥근 이름이다
몸을 이끌고 4층에 올라
교실에 들어서니
네모난 창밖에 강江이 보였다
반짝반짝 수천 개의 비늘을 번득이며
뒤채이는 살갗이
따라왔다
강江의 말을 하고 싶었고, 더러는
강江더러 들으라고 떠들고 싶었으나
녹음기처럼 적당히 속도를 조절하니
교실이 나를 내몰았다
또 난데없이 낙엽 따라
고지서가 날아와 쌓이고
쌓인 피로 위에
강江의 부름 소리가
끊일 듯 들려왔다
제기랄, 눈꺼풀은 자꾸 무겁고
가까운 것이 잘 보이지 않았다

모두 앞서간 빈 터에
혼자 뒤쳐져서 바라보는 하늘
텅 빈 하늘
강江은 그냥 가는 것인가
하얀 손수건을 흔든다

바람 부는 날

가늘게 열熱이 오른다
어린 날 홍역紅疫에 걸리어
바라보던 안집 뒤란의
이글이글 터지던 석류石榴꽃
다시 피어난다
단추를 두어 개 풀고
문틈으로 바라보는
세상살이
눈이 내리려는지
야트막하게 구름
하루 종일 덮여 있고
모든 것 고즈넉이
언도를 기다리는 죄수罪囚처럼
숨죽여 엎드려 있다
떠돌던 발목이
반쯤 흙속에 묻히어
울고 있다
면회를 가는지
머리에 밥을 인 아낙이
외나무다리를 건너는 게

멀리 보인다

모닥불처럼 열熱이 오른다

쇠잔한 육신을 흔들며

꽃처럼, 전율처럼 열熱이 오른다

묵정밭 · 1

여러 해
밭이 자고 있다

풀섶에
개구리가 살고

살모사가
똬리를 틀었다

세금은 무섭게
찾아왔는데

이제 눈이 와
살아있는 것들

어디론가 가
숨었는데

마른 풀 위
또 하얗게 눈이 쌓인다

어찌 할거나
힘은 갈수록 부치고

호미, 삽은
녹이 깊이 슬었다

눈은 쌓여

잠든 사이
눈이 왔다

먼 손님처럼
먼 그리움처럼

뒤채이던 끝에
잠은 오고

그 언덕에
바람이 불고

이제 모든 것
묻을 때가 되었다고

잠든 동안
눈이 쌓였다

멀어진다

고향집
늙은 감나무가
멀어진다

왕복 육십 리
통학길이
멀어진다

끄억끄억 서리 기러기
시누대밭 바람소리
멀어진다

새벽 물 긷던 동네 우물
먼 산 나무 등걸
멀어진다

멀어지는 것들의
붉은
노을 속에서

혼자 남아

두고 온

일기를 태운다

낯선 땅 위에서

노을
서녘 하늘 밝히는
도시의 들판
십자로에서
나는 아는 사람
하나 없이
길 물어볼 사람
하나 없이
혼자 서 있다
사람들은 저마다
뿔뿔이 빠져나가고
빈털터리로
남아
남의 발에 채인다
죄 지은 일
없는데
세금 또박또박
굶어도 바쳤는데
하늘 아래
죄인이
따로 없다

어릴 적 시골버스

목탄차
퐁퐁
연기 뿜으며

허덕허덕
숨 가쁘게
고개 넘을 때

버스 탄
양복쟁이
손들

나려와
어영차 어영차
차를 밀었다

차는
힘이 겨워
조금 가다 쉬곤 했다

바람이

빠져

바퀴에 바람을 넣었다

옛 서릿길

서리
하얀
새벽길

맨발로
걸어가던
머언 길

배곯아도
슬픔
모르던

열
갓 넘은
나이

그 길은
어느 날
사라지고

사라진

자리

돈이 돌았다

제2부

잠

잠

돌아오는
저녁의 골목은
집이다

어디서나
쭈볏쭈볏
겉돌다가

혼자
다리 풀 겸
술 한 잔 한다

길에는
바쁜 바퀴들
한창인데

서 있는
여기가
어디인지

아무도
아는 이 없어
낯설다

막막한
땅위의
한 점 나그네

공짜로
잘 수 있는 집 있어
천국이다

눈 오는 날의 빈자리

책도
옛 책이 좋고

친구도
옛 친구가 미덥다

따르릉
따르릉

산 넘고
강 건너

먼 곳의
목소리

묵은 술
한 잔 앞에 놓고

먼 산
바라보듯 바라본다

봉숭아 울타리

그늘이 그늘의 어깨에
손을 얹는 날은
언제고 비가 내렸다

기어가던 개미도
기웃기웃
술 생각이 나나보다

삽도 눕고
호미도 손 놓고
쉰다

눈 오는 날

먼 곳
친구의 소식처럼
눈이 내린다

가난한
처마 아래
좁은 남새밭

쪽파도
아가 밴
배추 포기

하얗게
흰 솜옷을
입었다

이런 날은
혼자 빈방에 앉아
묵은 술을 꺼낸다

투명한 유리잔에
고이는 술

소리 없이
하루 종일
눈이 내린다

눈 내린 마을

밤새
눈 쌓인
작은 마을
두어 집

세상의
모든 고요가
가만히 모여
손을 부빈다

제일로
낮은 집
낮은 굴뚝에서
흰 연기가 피어오른다

그 다음의
엎드린 초가집
차례로
저녁 실연기 하늘로 피어오른다

강아지

두어 마리

애들처럼 꼬리 흔들며

뛰어 논다

흐린 날

비 오다
그치다
그치다 오다
흐린 날

컴컴한
방안에
종일 갇혀
책 앞에 앉다

책 속의
차가운 날씨와
숨은
바람소리

문득
문을 열고
빗방울을 맞는다
바람소리를 부른다

귀가 어둡다

귀는 왜 먹는다고
하나

날이 갈수록
남의 말이
그냥 지나간다

고맙다
고맙다

이 말 저 말
다 남의 말

다 들어
무엇하리오

귀도 나이처럼
먹는가 보다

눈이 흐리다

눈을 왜
멀다고 하나

그렇지
멀면 잘 보이지 않는
법

눈밑 남의
흉터까지
다 뵈면 되나

먼 곳의
큰 산과
산머리 흰구름

그것이면
족하지

안 그런가, 친구여
지나는 바람소리

방안을 지나는 바람

서쪽과 동쪽
넓은 유리창을
여니, 휙 휙
바람이 지난다

서쪽은 바다
남쪽은 산
도포자락 날리며
지나간다

동에서 서로
더러는 서에서 동으로
낯선 손님처럼
바람이 지나간다

남쪽과 북쪽
좁은 들창문
여니, 살살
막힌 바람이 지나간다

남쪽은 풀밭
북쪽은 산맥
가벼운 옷자락 날리며
지나간다

남에서 북으로
더러는 북에서 남으로
눈에 익은 친구처럼
바람이 지나간다

가을 안경

높푸른
가을 하늘
한복판

누구는
귀신도 화안히
보인다고 했는데

가까이 떨어지는
노오란 나뭇잎
바람에 날리는 것도

안경 아니면
잘 보이지
않는다

모든 움직이는 것
눈에서
멀어짐이여

지팡이
눈 삼아
걸어가는 일만 남았다

외길
아주
반듯하게

구름에게

파초에
이는 바람

하늘에는
멀리

하얀
구름이 있다

아픔과
슬픔 넘어

흘러가는
산이 있다

더러는
물이 되어

마른 땅
적시며

별 뜬
주막에서

하룻밤
머문다

밤비

다 잠든 밤
비가 내린다

갈짓자 걸음으로
비가 내린다

나무는 나무대로
돌은 돌대로

천천히
비에 젖는다

내 남루한 날
문득 잠깨어

하염없이 지나가는
빗소리를 듣는다

폭염暴炎

이글이글
살이 탄다

타는 흙속에서
움이 트고

움이
길을 만든다

활짝 문 열고
바라보는 구름

멀리 날다 사라지는
하늘 끝에서

붉은
열매가 익는다

연然·2

총총
여름날
남쪽
밤하늘
별마당

풀여치
이슬
풀밭에서
먼 별
바라본다

초저녁
초생달도
나뭇가지 사이로
삐죽이
얼굴을 내민다

하이얀
미리내

강물 따라 흘러가면
어디선가
밤새가 운다

인간의 시간

하늘에
시간이 있듯

바다에도
시간이 있다

나무테 같은
시간의 음반

사람만
시간의 덫 속에서

종신형 언도 받은
존재로 갇혀

묶인 채
늙는다

외상술

빈 몸
하나로
삐걱거리는
문 열고
당당히
들어가
긴 나무 걸상에 끼어
걸터앉아
안주도 없이
단숨에
쭈욱 들이키는
바가지술
저마다
빈털터리
깃발을 들고
떠들어대는
이름 없는
서러움의
밤
소나기

외상술

마시던

그때 그립다

제3부

슬픈 되풀이

슬픈 되풀이

늙은 나무가
나뭇잎
떨구듯

살면서
내가 버린 것은
꿈이다

떨군 자리에
새움이
트듯

버린 꿈의
자리에서
새 꿈이 싹튼다

새살이
가만히
일어나

동산 머리에

달이

돋듯이

산 위에 올라

연천봉連天峰

두고 온
마을이
둥글게 몰려온다
머언 것들이
서쪽에서
다가온다
나도 모르게
닫힌 그리움이
호수의 파문처럼
넝쿨져
퍼져간다
워어이 워어이
구름 흘러가고
땀방울
꼭대기에
유아독존
내가 서 있다

시골 신새벽

신새벽이면
홰를 치며
힘차게
장닭이 울었다

꼬끼요오—
꼬끼요오—
종을 치듯 울었다
징을 치듯 울었다

늙은이는
잠에서 깨어
시들어 가는 화롯가
장죽을 털었다

간간
젖이 딸리는지
응애응애
갓난이도 울었다

그런 날은
가버리고
옛날이 되었다

노인만 겨우 남아
천자문처럼
지키는 땅

해마다
비인
마을
사람이 준다

오서산烏棲山

서쪽 바다
은비늘
멀리 보이는
오서산
등성이
하얀 억새꽃
우우
이리저리
고개 젓는다

노을에 물든
오솔길
휘적휘적
혼자서 넘는
낮달
하이얀
고갯마루
잘 가라 잘 가라
떠 있다

노을 주막

붉은 노을
능금처럼
익었다

이
한 몸
둘 곳이 없어

강가로
나와
멀리 바라보니

노을이
사는
작은 오두막

주막
등이
걸렸다

한 잔 들어
찬 몸
녹일거나

옛날
헤어진 별이
손짓을 한다

노을 · 1

염색한
헌 군복
헐렁하게 걸치고

내 스물은
노을 앞에서
울었다

무언가
되어야겠다는
흔들리는 피

어쩌다
떠밀리어
여기까지 왔나

가을 그림자

나뭇잎
시나브로
떨어지고

찬바람 부니
그림자가
길어진다

물 위에
어릿어릿
쓸쓸한 뒷모습

정처 없이
호올로
길 떠나는 사람

밤이
차고
깊다

달·1

달하
샘마을 샘바라기
정읍의
달하

천년 너머
낯선 땅
귀양 온
달하

시멘트와
철근으로
꽉 짜여진
사각의 숲에

달이
죄인처럼
허공에
걸려 있다

밤새 울던
소쩍새도
어디론가 망명처럼
날아가고

저 혼자
왔다가
저 혼자 가는
달하

상처 깊은 땅
다 환하도록
노피곰 도다샤
머리곰 비치오시라

달 · 2

튼튼한
자본으로
만든
사각의 숲
달이 찾아와
밤새
혼자 있다가
가는 건
참 별일이다
누구 하나
창 열고
달과 달 뜬
허공도
바라보지 않는다
어쩌다가
밤새가 울어
멈칫 놀라
문을 닫는다

달아

배달의 달아
귀양 온
달아

어느 저녁 나절 빗소리

낮에서 밤으로
가는 다리에
떠있는 구름

우수수
잎이 떨어져
바람이 분다

초록으로 물든
한때의
바다와

활활 타오르는
불꽃의
벼랑

쌓인 깊이
돌탑으로
솟는 휘청거림

까마득히

먼 곳에서

귀울림처럼 들린다

하늘물

해
얼굴
감추고
비를 내린다

먼
곳에서
찾아오는
물

목 타는
풀
시든 가지에
힘이 오른다

모든 세상의
잿빛
초록으로
바꾸는

가까운 원시遠視

먼 것들이
갑자기 가까워질 때가 있다
떠돌던 구름이
뜰로 내려온다
젊은 날 미친 듯
쏴 다니던
섬과 강가의
돌들
장강의 삼협三峽 테벳의 라사
눈 쌓인 하얼빈 헤이룽장, 상하이, 청두, 시안
찍은 발자국
멀리 떠돌다 다가온다
허공에 매달린
현공사懸空寺의
쇠밧줄 같은 장대비
먼 높은 산 쌓인 눈
그 위의 하얀 별들
어느 날 갑자기
먼 것들이
가까워질 때가 있다

없음에 관하여

있음은 바람
그 육체를 만질 수 없으니
없음이 된다

없음은 하늘
그 정신을 만날 수 없으니
있음이 된다

별을 닮아
넓은 바다 위에
서로 마주하여 떠 있다

없음이 있음이 되고
있음이 없음이 되는
허허 허공虛空아

가을 햇살

날이면 날마다
좁아지는 길
그 길로
희끗희끗
반백의 휠체어가
지나간다

한낮인데도
고개 숙인
풀섶
하얗게
무슨
이름인가
풀벌레 운다

젖은
일기장
한구석에
흐르는 마른 여울
가물거리는

램프의
불빛

오냐
오늘 하루
무슨 돌
하나로
성城 위에
까마득히
홀로 서 있는가

서쪽 · 1

서쪽에는
두고 온 고향이 있다

젊어 돌아가신
어머니가 산다

해는 매양
그쪽으로 지고

나는
모두의 틈에 끼어

날 번하면
동쪽으로 달린다

싸우다
지쳐 돌아오면

어느새
서쪽이다

서쪽 · 2

가을
아득한 길
좌우에
교회가 서 있다
한쪽은 붉은 +
다른 한쪽은 하얀 +
붉은 쪽은 크고
늙은 소나무
서너 그루
주일마다
피아노 합창이
울린다
하얀 쪽은 작고
앉은뱅이 풀꽃들
두어 포기
주일마다
풍금 합창이
들린다
편안한 지
황새는

하얀 십자가 곁

논둑에 앉아

서서

가는 해를

보고

서 있다

티벳의 개떼

혁명기념관
풀 우북한 마당에
늑대만한
개들이 모두 엎드려
멀뚱멀뚱
쳐다본다

치어링스
빈 절간
넓은 마당에는
더 많은 개들이
다른 나라에서 온 나그네를
표정 없이 바라본다

개들도
개혁개방이 불었는지
실업자가 많은 건가
신의 왕궁 티벳
자본주의 나라
나그네가 떠돈다

한가위

팔월이라 보름
멍석 같은
달 속으로
끼룩끼룩
기러기떼
날아간다

어찌
두고 온 땅
보고 싶지 않으랴
돌아가신
어머니 아버지
뵙고 싶지 않으랴

아는 이
거반 흙으로
돌아가고
애들 만나면
할아버지 이름 물어야
알똥말똥

뒤란 뒤
돌배나무도
이미 베어지고
좁다란 이슬길도
차
휙휙 지나는
헝한 길이 되었다

돌 · 1

고인 물 위로
돌을 던진다
어릴 적
작은 돌을 던진다

물방개 놀다
도망가고
징게미도
숨는다

물이랑
천이랑 만이랑
보고 싶은 얼굴
떠오른다

접은
종이비행기처럼
멀리 멀리
떠돈다

선운사禪雲寺에 와서

선운사
골짝
골짝마다
바람이
술렁
동백 붉은 가슴
열어 놓고
냇물로 흐른다
진양조로
흐르다가
자진머리조로
바뀐다
고창 앞
칠산 바다
산산이 부서지는
파도나
될까나

귀가歸家

뉘엿뉘엿
가을 남은 햇살
넘어가고

새들도
서쪽 수풀로
떼 지어 날아간다

빈 들에
찬바람
낮게 지나가면

빈 몸으로
휘적휘적
언덕을 올라간다

비탈 꼭대기
스위치를 누르면
불이 들어오는 나의 집

어둠이 엷게 깔린

녹슨 문 앞에

한 사내 서 있다

제4부

유랑의 십구문 반

유랑의 십구문 반

돌아와
잔기침을 하고
문 열기 전에는
닫힌 채
기다리는 집

머언 먼
고개를 넘어
터벅터벅
돌아와
열쇠를 넣을 때

무거운
다리의
삭힌 핏줄이
기나긴 형刑을
마친 듯 풀린다

펼쳐 놓고
간

책의 페이지가
그대로
열려 있다

수북이 쌓인
불면의 담뱃재와
반쯤 기운 술병들이
말을 건다

해 넘어가기 전 한참

누우렇게 누운 돌의
낮은 언덕을
걸어간다

물은 어느새
여위고
물새도 남녘 고향에 갔나
보이지 않는다

기인 그림자가
오늘따라
더 수척하다

하얀 길에
깔린 능금빛
노을

터벅터벅
끌리듯
정처 없이 걷는다

머언

굴뚝의 한 줄기 연기

나타났다 사라진다

또 부여에 가서
궁남지宮南池

부슬부슬
비가 떨어지면
버릇처럼
불현듯
부여에 간다

늙은
버드나무
치렁치렁
물에 드리운
가지

둥글게
둥글게
빗방울 따라
물무늬가
번진다

넓은 연잎에
또르르 또르르

아직

닿지 않은

저 열반의 나라

그

골목에 서서

죄인처럼 나는

백제의 후손이 되어

울었다

정림사지

정림사
오층 석탑
소정방의 글이
둘러 있다

그믐달이
매서운
눈썹처럼
걸려 있다

부소산
어디서
소쩍새
운다

천년
쇠북종
잠든 듯
고요하다

겨울밭

밭은 바야흐로
잡초 우거진
겨울이다

극성맞게
울어쌓던
벌레들도 조용하다

갈아야 할
쟁기날
녹이 슬었다

호미도 삽도
푹
잠이 들었다

샘도
흐르다
멈추어 서 있다

메뚜기

고흐 그림 속

백년도 훨씬 지난
고흐의 그림 속
붓칠로 묻혀 있는
메뚜기

불붙는
가슴으로
덧칠하는
그의 붓끝에

한철
풀밭에서
뛰놀던
곤충

그의 살과 뼈
속에
고흐가
살아 있다

불꽃처럼
타오르는 삼나무와
별들의
사이

멈춘
메뚜기만
죽어서
살아 있다

가을 뒷모습

젊은 날의
통곡이
말없이
걸어간다

기인
그림자
뱃고동이
뿌우뿌우 먼데서 운다

파아란
날개
무덤마다
피던 꽃

펄펄
날아
노을 속으로
사라진다

바람

나무와
말 트려면
몇 해나
걸릴까

새와
사귀려면
얼마나
지나야
될까

돌이여
물이여
영 너머
구름이여

서로
가슴 맞대고
살 섞으려면
한 뉘가 지나야 될까

컴맹

하얀 종이
앞에 앉으면
가슴이 설렌다

잉크병을
열면
파아란 바다

낡은 만년필로
한 자, 한 자
집 짓듯 쓴다

가슴에
고인
숨은 말이 나온다

시골
시냇물
소리

파닥이는

은빛

은어떼들

카맹

나
아직
튼튼한 두 다리

멧돼지
같은 커다란
두 발

일이
있으면 맨날
걸어서 간다

차
네 바퀴로는
못 건너는 냇물

엔진 멈추는
작은 언덕
진땅 위

휘파람

불며

두 다리 두 발로 간다

산에 오르며

산을 오를 때
사람의 마음은
낮아진다

높은 산일수록
숨은 가쁘지만
나즉이 가라앉는다

어제보단 오늘
오늘보단 내일
더 높은 산을 오르다 보면

스스로도 모르게
내려가는 산골물이
되는 걸 안다

가장 낮은 곳에
불 화안한 집이
기다린다는 걸 안다

햇살이 남아 있는 동안

보일 듯 말 듯
작은 점이
손등 위로 올라간다
이름은 모르지만
살아 있다
나도 어디쯤
누군가의
핏줄 숨은
이마 위로
쉼 없이
기어갈 것이다
멀리 바다가 있고
거기 붉은 노을이
타다만
청춘처럼
서 있을 것이다
나는 아직
나를
본 일이 없다

늦가을 장미

해 짧아진
늦가을
다 시든 것 속에서
어쩐 일이냐
언덕 위
비탈집
마른 울타리
장미꽃이 피었다
시베리아
독주처럼
피었다
수백 송이
타는 듯 붉다
가난한 그늘
휘청거리는
어깨 위
누가 주는
무지개인가

눈은 여백에 하염없이 내리고

시나브로
눈이 내리는 날

어두운
방안에 혼자 앉아

낡은 책을
펴든다

단재丹齋의
조선상고사朝鮮上古史

더러는
두시상주杜詩詳註

갑자기
방안이 환해진다

대륙을 뛰던
단재의 무정부적 피

장강 벼랑에
약초 심어 팔았던 두보

나는
나를 어루만진다

눈발은
내 남은 삶의 여백으로

하염없이
쌓인다

산울림

생나무

그대로

기둥을 세워

절 한 채

세워 놓고

배꼽 내놓고

하하하 웃으면

산도 따라

배꼽 다 내놓고

웃는다

웃음소리에

포대화상이

자다 깨어

눈 부비며

바위틈에서

나와

웬 중생 시끄럽게 남 잠 깨누

저도 따라

껄껄

웃는다

나무 곁에서

나무 곁에
서기만 하면
나는 늘
맨몸이다

친한
절망도
어딘가 숨어
보이지 않는다

작은 새가
어깨에 앉아
동무가 되자고
조른다

흘러가는 물도
잠시 머물러
끝에서 처음까지
어루만진다

긴 여정에서

돌아 와

나무 곁에 서면

나는 하냥 무죄다

가다가 잠시 머물며

왔다 가는 세상엔
언제나 바람이 불고
길은 언제나 굽은 허리로
흔들리고 있었다

어쩌다 만나는 것들은
서로 살기 바빠
아는 체도 하지 않고
옷깃만 스쳤다

그러다가 눈에 담고
가슴에 담은
피 있는 것들의
고요한 흔들림이 기웃거렸다

어찌 못 본 체
그냥 지나쳐 갈 것인가
잠시 머물러 한 모금
서로 술잔을 나눈다

제5부

업 또는 에비

업 또는 에비

업이 살아 있을 때는
살기가 좋았다

마을에 헐벗어 얼어 죽거나
식량이 동나 굶는 사람이 없었다

궂은일에는 동네 사람 다 모여
신나는 일에도 동네 사람 다 모여

울고, 서로 껴안고 울고
웃고, 서로 흥에 겨워 웃고

어둑한 광 술 익는 한 구석에
당숙모가 차려다 놓은 하얀 이밥 한 그릇

부엌 생땅 마루 밑에
새로 온 새댁이 차려다 놓은 오곡밥

업의 부르는 이름은 에비
에비의 얼굴은 누구도 보지 못 했다

하지만 대대로 내려오는
집주인이 되었다

어느 날 전기가 난데없이 들어오자
에비는 죽고 마을은 애어른 없이 흔들렸다

지금은 허리 굽은 노인네만 빈 집에 남아
옛 무덤을 지킨다

시누대밭에 부는 바람

사그락 사그락
시누대밭에
밤새 내리는
싸락눈 소리

쇠기러기
떼 지어
날아 가는
머언 하늘에

살금살금
작은 바람
시집 간 누나의
빈방을 흔든다

설야雪夜

밤하늘의 별들
눈송이 되어
신부처럼 가만히
땅위로 내려온다

하루 종일
일터에서 땀 흘린
튼튼한 사람의 빈 어깨에
내린다

촛불을 든 샘물의 꿈
그 언저리
끝없이 끝없이
소리 없이 내린다

찬란한 별빛의
빛나는 이마마다
화안한 눈송이 되어
내린다

응아응아
아가가 강보에
막 태어나 울 듯
눈이 내린다

눈

풀 누렇게
누운
무덤
말이 없다

구름도 더러는
머물다 가고
산새도 어쩌다
놀다가 간다

암도 이젠
자는지
병도 이젠
갔는지
고요하다

하얀
알약 같은
눈발
고봉 쌀밥처럼
쌓인다

그림자

산을 지나가는
구름의
그림자
얼른얼른
지나간다

낙서처럼
걸어온
한 삶의
그림자
머뭇머뭇
눈물이 어려 있다

새가
훨훨
무게를 버리고
그림자
따라
넘어 간다

떨어지는

잎의

저 붉음을

그림자라 하랴

바람이라 하랴

성문 앞 우물 곁

강물이
성城 옆구리로
흘러가고 있었다
밤이 되면
물소리가
한 음계 높아지곤 했다

별을 놓친
집 잃은
나그네
하나
지친 몸을
달랬다

어디선가
길고 긴
바람 소리
모래밭을
핥으며
지나갔다

그렇게

해도 달도

나이 들어

머리칼이

하나 둘

사라지기 시작했다

마을

두런두런
골목을 빠져나가는
바람 소리

먼 데서
개 짖는 소리

모락모락
피어오르던
저녁연기도 사라지고

마을은
제사를 끝낸 듯
불이 꺼졌다

소나무

1

푸른 솔
늙은 가지에
하얀 눈송이

솔잎
그윽한 향이
조용히 깔린다

어지러운
세상의 일이
잠시 묻힌다

2

내 삶의
7시 해 뜨는
시각

눈 위에

짐승처럼
외길의 발자국 내며

솔바람
소리
가만히 듣는다

강이 강물이 되어

왜
말없이
밤낮으로
강이 강물이 되어
흐르는
그 이치를
이제 좀 알 것 같다

이승을 떠나는
살붙이와 이웃들
하나 둘
보낸 뒤
머리 깎고
달랑 걸망 하나
멘 채
출가하는
스님의 마음을
이제 좀 알 것 같다

천산 눈 녹아

흐르는 라사의 강물이나
바라나시
꽃이 떠가는 강물
저 금강과
서로 다르지 않음을
이제 좀 알 것 같다

겨울 지나는 비

비어 있는
마당
한구석
비가 내린다

겨울이
막 지나가는
여백의
땅

봄이 오면
흙 일궈
무얼 심을거나
상추, 쑥갓, 아욱, 가지, 고추

참 많이
기다리고 있다
한 귀퉁이에 오이도
호박도 참외도

대봉감나무랑
호두나무
대추나무도
한 그루씩 심으련다

백목련 자목련
모란
라일락
또 무엇?

흙의 어깨를
가만히 두드리며
비가 내린다
아주 조용히 조용히

장기 일기長岐日記

백운무진시白雲無盡時 — 왕유王維

햇볕 잘 드는
남쪽 산
기슭

하루 종일
파아란 바람만
들락거리는

바가지
우물
졸졸 사철 흐르는

홀로의
넉넉한
땅

옥수수도 심고
들깨도 심고
고구마순도 놓고

후두둑 후두둑 생각난 듯
소나기 지나가는
덩달아 콩새도 날아가는

수행修行

머리칼
칼로
밀고

길 찾아
떠난
사람

며칠
지나면
십 년인데

갑자기 밤중
누군가
찾아와

나야
나
문 따

열어 주어야
하나
마나

머언 산

한숨일 때도
있었다

산 너머
고개 너머

새 세상이 있으려니
한 적도 있었다

홀로
앉아
독한 술로

마른 입술
적시며

바로
내가 산임을

바로

내가 아픔임을

이제야
쬐끔 알게 되었다

나 한숨 자자

그렇게
한숨 자다
가고 싶다

버릴 것도
없으니
버릴 것 없이

훌쩍
겨울 빈 가지
새처럼

그렇게
잠들다
가고 싶다

발

발은
언제고 말이 없었다

일손이 움직일 때
바탕이었고

산을 오를 때
언제나 힘이었다

모든 짐과
달림의 저 아래

물 같은
시컴한 노예

어디 가나
굶주리고 추웠다

작은 키

집 잃고
흘러가는
물소리
들리느냐
통곡하고
떠난 날의
겨울이
보이느냐

소나무 아래의 잠

아무렇게나
빈 소주병처럼
쓰러져 누운
소나무 아래
잠을
덮는다

걸을 만큼
걸어서
신발 뒤축도
다 닳은
겨우
뼈만 남은

가을 갈림길

눈을 들면
사방이
비어 있다

새들도
어디로 날아갔는지
보이지 않는다

비인 들에
휘적휘적
비바람이 지나간다

혼자
마시는
차 · 한 · 잔

허공에
조약돌
던지던 날도

머언
날이
되었다

묵정밭 · 2

해 뜨자
이슬 헤치고
씨앗 뿌리던
밭

풀 우거지면
흙땀 범벅인 채
하루 종일
풀을 매었다

콩 심고
들깨 심고
고구마
순 놓고

이제
손 놓으니
무서운
쑥대밭

둔덕의
오미자
매실 열매
다 떨어져

벌레와
쥐떼
뱀이
주인이 되었다

꼴찌의 속도

난
미개인이다

차도
모른다

인터넷도
모른다

신문도 티비도
보지 않는다

글씨도 잉크로
쓴다

늘 걸어
다니고

새와 구름과
나무와 돌

눈 뜨면 만나는
친구다

먹을 만큼의
물과 쌀, 소금

그것으로
산다

꼬박꼬박
세금을 내고

군대도 갔다 온
난 애국자다

노을 · 2

얼마나
황홀한
결별이냐
다 닳은
지팡이 끝
목 축이는
마지막 술잔이다

넘어야 할
고개
빛처럼
아직 남아있지만
고요히
고이는
맑은 피의
들꽃아

뱃고동

작아 안 보이는
마음의
기인 그림자
그 안에
머언 항구가 있어
뿌우 뿌우
뱃고동이 운다

텅 빈 마을
보물리

한번
날아간
제비
다시 돌아오지
않는다

백로 마을이라
돌에 새긴
동네 앞
돌

개울물
마르고
약 많이 뿌려
이제 먹을 것 없어
백로도 오지 않는다

실한 마을로
한때는 소문났는데
지금은 텅텅 비어

열아문 노인네만
살고

밭에서
땀 흘려 거둔 것
대처에 사는
자식들에게
부치면 그뿐

그들이
다
세상을 뜨면
이 빈 땅
누가 지키나
누가 있어 지키나

옴팡

나 사는
동네는

달 뜨는
달동네

오막살이
옴팡

여름엔 비가 새고
겨울엔 찬바람이 들어온다

훤히
내려다보이는 아래 세상

두 팔 벌리고
하늘을 바라본다

제일 일찍 해 뜨는
동네

제일 늦게 해 지는
동네

사람 사는
우리 달동네

뒷숲
숨은 절

이른 새벽엔
매일 목탁소리 들린다

제7시집

하얀 새

| 차 례 |

제1부 가시나무 하얀 새

제2부 이 세상 모든 하양

제3부 은하수 건너

제4부 하산

제5부 시간의 모래

제1부

가시나무 하얀 새

사마르칸트의 새

사마르칸트
길을 내다가
땅속의
수천 년 익은
침묵을 만났다

어디서나
언제나
사람들은
잘 살고
오래 살고 싶어 했다

땅속
깊은 곳에
묻혀 있는
또 다른 세상의
시간

벽 둘레로
신하와 왕비 등이

금빛으로
살아 움직였다

맨 꼭대기
바른쪽 머리
하얀 백로
네 마리
걸어가고 있었다

새가 보는 아파트

뻥뻥 뚫린
창
다 네모다

새벽이면
불이 꺼지고
저물녘이면
불이 들어오고

낮에는
텅텅
비어 있다

곳곳
산허리 잘라
세운 집

언제 보아도
직각으로
차렷, 서 있다

꽃도 음악도
없고 이웃도
뜨락도 없다

벌집일까
방주方舟일까
아니면 중세의 성채일까

눈 깜짝할 사이

새가
날아간다
나뭇가지에 앉아
먼 구름
바라보다가
구름이 되었는지
보이지 않는다
하얀
날개의
꿈
눈 먼 여름이
갔다
날름대는 혀의
불꽃
파도 일더니
보이지 않는
나라로
날아갔다
바람인 듯
물인 듯

어린이집

빨강 파랑 노랑
어울리면
노래고
섞이면
춤이다
엄마 이른 아침
장터로 가고
아빠 더 이른 새벽
일터로 가면
남은 애들이
모여 재잘대는 곳
깍깍 까치도
낄려고
기웃거린다
해질녘
하나둘
엄마 손 잡고
돌아가면
깊은 밤에도
남아 있는
애들 몇

가시나무 하얀 새

주렁주렁 하얀 꽃
밭두덕의
가시나무 한 그루

네 마리 한 식구
가지 위에 나란히
오두막 보고 앉아 있다

들녘 첫서리 내리기 전
남녘으로 갔다가
개구리 떼 지어 울 때 돌아오는

해마다 잊지 않고
용케 찾아오는 새
통 말이 없는 새

건너 외진 산모롱이엔
할아버지 내외
손바닥 밭 일구며 산다

할머니 물 길러가는
울도 없는 오두막
눈 부비며 바라본다

영하기도 해라
사람보다 낫구먼
올해는 두 마리나 늘었네 자식인가베

아들 하나 뼈 빠지게 가르쳐놨더니
아내 따라 대처로 간 뒤
감감 무소식이고

딸 하나 겨우 키워 짝 지어 놨더니
신랑 따라 대처로 간 뒤
감감 무소식이고

올해도 봄이 왔다고
마당귀에
옥수수를 심는다

아들인 듯 딸인 듯
잊지 않고
해마다
찾아오는 새

할머니 할아버지
허리 펴
멍하니 새 식구를 바라본다
새도 날개 쳐 두 양주를 바라본다

녹천리 · 1

1

냇둑 아래
허름한
교회

어깨가 기울었어도
일요일
종이 울린다

육이오가 막 지난
한때, 시골 골짜기로
몰려온 꿈

자기는 입지 못하는
비단을
밤새 짜며

숨막힌 노동을
웃음으로
바꾸던

비 오면
그대로 비가 새던
공장

지금은 냇가에
황새 한 마리
외발로 서 있다

2

가파른
산언덕에

버섯처럼
달라붙은

절
한 채

시골서 집 떠나온

시악시들

때 묻은 돈 벌어
남동생 학비 대던

작은 것에도
깔깔깔
잘 웃던 아가씨들

지금
어디 가서

엄마 되어
어떻게 살까

하얀 배

나의
한 생애
바랜
하얀 종이배

부리 노오란
백로
한 마리
앉다

젊은 날
장미빛
코피가 섞여

떠나는
그의 날개처럼
새하얗다

백로의 잠

밤하늘의
별들도
색색 잠이 든 밤

시인의
창밖
소나무

하얀 백로
날개 접고
자다

가을엔 떠나자

어느새
밤벌레
우는 소리가
높아졌다

구름도
덩달아
높다

이 가을
무게 덜고
바다로 가자

머언 섬
바라보고
손을 흔들자

내일이
없는
그런 사람처럼

강가에서

물새
알을 품은
갈대밭
서걱이는
강물의 숨소리

작은
넝쿨 하나
갈대 허리를
감아
빙글빙글
오른다

산 그림자
물 안에
어려
끝없이
길이
열려 있다

모래알
씻긴
여윈 몸
어깻죽지에
날개를
달아 본다

돌아온 강

물길 따라
물
흘러가더니

바다 끝에
닿아
바다 되었다가

사다리 없이
구름 타고
하늘로 올라갔다가

다시
젊어서 돌아온
강

새 한 마리
날개를
펴다

금빛 평화

노부링가

들장미
서너 송이
적막을 흔드는
핏빛 팔월 어느 날
달랑 걸망 하나
메고
걸어 걸어 노부링가
나무계단을 밟아
이층에 올라갔다
황금빛
빈 방에
벽시계가
혼자서 가고 있었다
빈 탁자
노오란 작은 그릇
달라이라마는
사진 속에서
웃고
나는 그의
빈 의자에 앉아

밖을 내다보았다
누구 하나
말을 걸지 않았다
다만 새 한 마리
기웃거리다
날아갔을 뿐

갈대숲

서걱서걱
서로 몸을
섞으며
갈대가 울었다

울음 따라
강물은
천리만리
흘러서 갔다

하얀
물새알
가만히 숨 쉬는
숲 사이

지친
쪽배가
죄수처럼
매여 있다

가을 남은 날

햇살이
얇다

쌍쌍으로
날으던 잠자리

어디로 갔는가
보이지 않는다

시드는 풀밭에
그치지 않는 풀벌레 울음

남은 길
더듬으며 내려간다

그 끝에
무엇이 기다리고 있을까

탈

탈을 쓰면
춤을 춘다

춤추듯
이승에 눈이 오듯

저승에
눈이 쌓인다

탈을 벗을
시간이 되었다

제2부

이 세상 모든 하양

이 세상 모든 하양

여희고 또 여휜
광목일까
모시일까

하얀 길
위로
하얀 새 날아가고

하양 바람 따라
하얀 구름
하얗게 흘러가고

무엇에
물들기 전의
물소리

귀 씻고
눈 씻고
마침내 손발을 씻고

공일空日

사방은 논
누릇누릇
벼 패이는 날
황토 언덕에 기대어
나무로 지은
나즈막한
하느님의 집이
열려 있다
사람은 보이지 않고
백로 홀로
굽은 나무 가지에
종일 앉아 있다
쇄아쇄아
솔바람만

어느 날 갑자기

썩고 또 썩은
돈 세상

백로白鷺가
왔다

비자 없이
한 푼 가진 것 없이

자본의
기름 번드르한
벌에

하얀
백로白鷺가 왔다

하늘이
보낸

수녀처럼
비구니처럼

돌섬

하루에 두 번
안부를 묻듯
바닷물이
왔다가 간다

멀리
산은 흰 구름
머리에 인 채
깊은 잠이 들었다

밀물 따라
도미 우럭 뛰어 오르고
썰물 따라
썰썰 게들이 기어 다닌다

더러는
하얀 물새
후르륵 날아와
하얀 똥을 눈다

솔개

꼬옥꼬옥 다급하게
암탉이 부른다

노오란 병아리
열 서넛 형제

엄마 날갯죽지로
달려가 숨는다

봄 하늘
솔개 한 마리

비잉빙
그냥 돌다가 간다

곰나루에 와서

어깨 고운
연미산 아래
서걱서걱
마른 갈대
서로 볼 부빌 때
암콤 한 마리
퍼질러 앉아
먼 강물을
바라본다
해는 기울어
지나는 바람
잠깐 들렀다가
뒤도 돌아보지 않고
바삐 떠난다

파미르 고원

어릴 적
헤어졌던
별들을
여기 와서
만난다

그때는
참 멀었는데
여기 오니
눈앞에
있다

얼마나 많은
자갈밭을
걸어 걸어서
상처를 닦아내며
왔던가

모랫벌
끝

모래산 아래

먼 산

눈이 하얗다

잉크병

잉크병
안에 든
푸르른 태양

거친 파도 위로
하얀 새
날아간다

잉크가
남아 있는 한
내 심장도 뛴다

하루하루
마르는
피의 하강 속에서

만년필에
잉크를 채우며
절망의 볼을 만진다

한겨울 제민천 황새

올해 들어
제일 춥다는
설날 대한大寒
막 지난
제민천
꽝꽝 얼었다

남쪽 나라
가지 않고
얼음 위로
훠훠 날아가는
한 마리
하얀 새

노랑 부리
노랑 긴 다리
무얼 먹고
어디서 자나
물어도
대답이 없다

해

설핏 저무는데

바람 부는

둑에 서서

고향땅 바라보듯

먼 곳 바라본다

백로가 있는 풍경

1

고만고만한 키로
자라는
녹색의 논

한복판에
하얀 새
서 있다

태양은
뜨겁게 빙글빙글
공중에서 돌고

모든 움직이는 것들은
짙은 그늘을 찾아
정지했다

2

반공일

길은
차로 가득하다

바퀴는
어느 자본의 국가인지
바쁘다

백로
한 마리 흰 나래 펴
복음처럼 날은다

또 한 해가 가는 강가에서

발치의 자갈들
진흙에 덮여
숨이 막힌다

그 동안
사람들이
싸우는 동안

뼈가
툭 나오듯
야위었다

빙빙
도는
고향 가지 않는 새

밤새
눈발이 내려
발이 시리다

길 위의 구름

흙에서 나와
흙으로 돌아가는
길고도 짧은 길

길 따라
해와 달, 돌고
강물은 밤낮
흘러
바람이 인다

소중하게
쌓아온 것들
망각의 어둠 속에서
하나 둘
눈을 감는다

소매 스친
무수한 눈빛들
가을 높은 하늘
새가 되어
산 넘어 날아간다

제3부

은하수 건너

시인들

타는 듯 속이 아파도
발치에 바다를
두고 그림자
내보내지 않는
그래서 사철 눈을 이고 있는
산

들판에서
새끼를 낳고
홀로 배냇물
혓바닥으로 핥는
그래서 움머움머 외치는
어미 짐승

생전 학교 한번
가본 일이 없으나
속으로 나이테
둥글게 두르며
그래서 뿌리가 하늘에 닿는
늙은 나무

하늘의 떠도는 구름
땅위의 흐르는 강물
고개 들면 언제나 제자리에서 떠도는 별
소나기 파초 아래 앉은 돌
이 세상의 젖 물린 모오든 어머니
엎드린 고향집 낮은 굴뚝의 저 저녁연기

돌·2

백두산에 올라갔다 왔다고
낮으막한 한 사람
정표를 주었다
하이얀 한지에 싼
돌 한 점
똑 복상씨 닮았다
오천 년, 속이 탔는지
검다
정한 곳에 올려 두고
동해에 해 뜨는 걸
바라보듯 본다
팔딱팔딱
피가 돈다
그날의 만세, 말발굽 소리
꿈틀거린다
살아 쏴아 솔바람 소리
갑자기 안개가
깊다

눈 뜨는 벌판

끝없이 흔들리던
우리 젊은 벼랑의
바람 막아주던 모교 뒷산
향그런 솔밭, 여전히 싱싱하데
잎새마다 만 칠천
우리의 이름을 달고 있데
오래간만이라고, 다 잘들 있느냐고
일제히 툭 어깨를 치며 안부를 묻더군
삼십 리 새벽길 걸어걸어
찾아가던 배움의 중심
헤매던 어둠의 길 얼마나 두텁던가
넘어도 넘어도 넘어야 할 산 얼마나 많던가
더러는 절망도 스승이었거늘
어려울 적마다
가르치심 돛대 삼아
험한 세상 바다 건넜네
깨우친 힘 쟁기 삼아
거친 벌판을 갈았네
고랑고랑 씨앗을 뿌렸네
잠들지 않는 우리의 꿈

구비구비 강물로 이어
다수운 불빛이 되리니
먼 타향 떠도는 자식 기다리듯
예순의 모교,
우리 앞에 서 계시네
숙제 아직 다 풀지 못하였사오니
저희 다함없는 그리움이 되소서
저희 든든한 힘이 되어 주소서
그렇게 두 손 모을 뿐
우리를 사람으로 키우신
아 영원한 배움의 터전,
저 조선소나무처럼 늘 청청하시라
저 가야산처럼 늘 꿋꿋하시라

요요요 강아지풀

박용래朴龍來에게

이 가을
낙엽처럼 떨어진
당신의 사진
당신을 보며 당신을 생각합니다
당신이 아직 이승에 남아 있다면
얼마나 많은 눈물이
우리가 딛고 있는 땅과 우리의 메마른 손을
봄비마냥 적셨을까요
겨울 들판에
요요요, 강아지풀을 사랑하던
당신의 속마음을
이 세상 누구 제대로 안 자 있었을까요
늦가을 갈가마귀 날아오르는 서리 찬 들판에
노오랗게 속 차오르는 배추포기를 보러가던
당신의 무너질 듯 흔들리던 뒷모습
아무 목로에서나 퍼질러 앉아
눈물 섞어 퍼마시던 막걸리맛이 그립습니다
맨날 집안에만 갇히어
집을 보는 것으로 밥을 얻어자시던
반백의 사내

하루도 열두 번 가출을 꿈꾸던 용래 성님

구절초 피는

이 가을

당신을 생각합니다

눈물 마른 세상에서

당신의 눈물을 가만히 생각합니다

무제

비가 샌다
밑도 끝도 없는 이 장마
안방에도 애들방에도 빗물이 흐른다
안방 경대에 마개 닫힌 음악
딩동 딩동댕 얼굴 가리고
애들방에 쌓아놓은 헌법원론, 형사소송법 그리고 불교사전들
주루룩주루룩 발목까지 빗물에 잠긴다
더 이상 책을 읽어 무얼 할까나
더 이상 거울 보아 무얼 할까나
산山, 22의 12
그래도 내 집이거니
연탄아궁이에는 아직 연탄이 타고
옷장에는 아직 낡은 겨울 외투가 걸려 있다
장마가 가면 가을이 올 것이다
서리 찬 들판에 갈가마귀 날을 것이다
오늘 비가 샌다
가슴 아직 식지 않았으니
문을 열고 비에 빠진 길을
녹슨 삽을 들어
건져 올린다

섬 · 1

모두 열두 명
1학년도 없고
2학년도 없고
3학년 4학년
한 명도 없고
5학년, 6학년 그렇게
사내애 여자애 그렇게
열두 달 일 년 내내 열두 명
그래도 선생님은 두 분
서른 안팎의 내외
하루에 한번
통통배 들어올 적마다
손 매양 흔들고
학교가 그중 크다
산꼭대기에 산 일러 만든
손바닥 운동장도 있고
깃대도 당당히 서 있다
이태 지나면
유리창에 빗방울 울어쌓을
두 칸짜리 텅 빈 교실

도레미파 풍금소리도

파도소리에 묻힌다

섬 · 3

산 비알에
납작 붙어있는
오막살이 두어 채
하루 종일 꼼짝 않는다
먼 바다
안개비 몰려
살금살금
밤이 온다
뚜우뚜우
소주잔을 걸친 듯
배는 본 척 만 척 지나가고

섬 · 5

배암 새끼
한 마리
부루밭에 숨는다
누렁개도
낯선 나그네를 보고
꼬리를 흔든다
후두둑 후두둑
한 떼의 저녁 잘새
당나무 가지 위로
옮겨 앉는다

섬 · 6

낫 배에
우체부 온다
길 막혀 두이레 만에
우체부가 온다
때 절은 붉은 가방
두이레인데
비어 있다

뿌리 없이 대처에서
바위 뚫고 뿌리 내리는
나 어린 풀잎들
돈이 왔다
쓸데없는 섬에
눈물 어린
돈이 왔다

"엄니, 저 돈 많이 벌면
 모셔갈께유, 그때까지 앓지 말어유"

우체부 딸기코 김씨가

콧물 흘리며

더듬더듬 읽어준다

섬 · 8

바단지
하늘인지
섬 하얀 머리에
애장처럼 뜬
낮달

섬 · 9

섬은
양 옆구리에
날개가 있다
아니, 날개 자국이 있다
어린 날 우두자국처럼

섬 · 10

흙으로 얽어 놓고
돌로 담을 둘렀다
비어 있다
그러나, 잘 보면
벌레 몇 마리
설설 바쁘게 기어다니고
모기도 알을 슬고 있다

주인은
먼 바다에 나가
그물질을 하는지
양재기 하나 엎어진 부뚜막을
바람이 기웃거리며
과객처럼 지나간다

섬 · 11

시간이 살아 있다
시계가 없기 때문이다

섬 · 12

사람은 다 바다로 나가고
바람만 기웃거리는 마을
돌담 너머로
접시꽃이 흔들리고
흔들리는 자갈길 따라
무덤 하나
잡초에 묻혀 있다
몇 해 전만 해도
추석만 되면 저 뭍에서
낫 들고 찾아와 참초하고 잔 올렸는데
무슨 귀양 온 김씨네 조상이라 했는데
벌써 여러 해째
아무도 오지 않는다
햇살만 철철 넘쳐나는
눈부신 봄날
발아래 바다를 거느린 채
꼼짝 않고
헛헛 살아생전처럼
등 굽은 헛기침 소리뿐이다

섬 · 13
무인도

귀 막지 말아도 된다
눈 감지 않아도 된다
굴딱지 돌로 두드려
고픈 배를 채우고
나문재 뜯어
생으로 씹는다
사람 살던 오두막은
허물어지고
허물어진 돌담 아래
민들레 혼자
피었다 진다
햇살 가득 넘치는
바람, 배부른 바람
옷을 벗어 던진다
한 떼의 새가 놀란 듯
후루룩 날아간다
날아서 어디로 가나
두고 온 한 사람의 이름을
모랫벌에 깊이 묻는다

눈 오는 날의 새

펄펄
눈발 날리는
오후

하얀 새
한 마리
훨훨 날아간다

강은
얼지 않고
새는 살아 있다

가슴
저 안쪽 조용히
잉걸불이 일어난다

종재기

밥상의
배꼽

늘 가운데
앉은

간장
종지

머슴 사발

검은 보리밥
고봉으로
담긴

동산에 달 뜨면
엉덩이 까고 쭈그려
앉은

검은 점
드문드문
사마귀처럼 붙은

개소반
막
사발

간월도看月島

썰물이 지면
뭍이었다가

밀물이 밀려오면
섬이었다가

경허鏡虛 스님
닮은 달이

바닷물 위로
떴다가 사라졌다가

궁문弓門
어디 있는가

거미줄

산 목구멍에
거미줄 치랴

캐논 감자를
삶으면서
어머니는 그렇게 말씀하시곤 했다

어머니
이미
딴 세상으로 가시고

으슥한 구석구석
거미줄이 늘었다

은하수 건너

지구라는
유성流星

한
점에서

먹고
먹히는

싸움의
평화 속에서

살아있는 건
사라지고

사라진 건
다시 살아난다

무엇이
하늘이고

무엇이
땅인가

또
돌고

돌고
도는 걸

볼우물

햇살
반짝반짝
우물물이
넘치네

아가
능금빛 볼에
맑은 샘물이
고이네

아, 복숭아
꽃
볼우물

빛

그늘도
집을 짓는다

늘 받는 것은
빛이지만

더러 제 몸을
태운다

땅만 보고 걷다가
문득 바라보는 하늘

낮에는 구름이
낙서처럼 떠 있고

밤에는 이름 없는 별로
가득하다

알고 보면 그늘의
아들딸이다

말에 대하여

꽃은
꽃이 아니다

꽃의 이름과
나이를 또는
그의 고향을
대야
비로소 꽃이 된다

나무도
사람도
짐승도
마찬가지다

말이
사물에
가까워져
서로 몸을 섞을 때

말은

비로서
숨을 쉰다

사물도
피가
돈다

눈물

사람은
눈물을 흘릴 때
아름답다

소리 없이
맑은 눈에
고인 눈물

그렁그렁
하늘이
들어 있다

볼을 타고
흐르는
촛불 그 안

은은한 향
저녁 종소리가
들린다

제4부

하산

하산下山

가을
바싹 태우며
잔뿌리 끊으면
오르는 계단이
까마득히 보였다

모든
품었던 것들이
하얀 종이쪽지 되어
허공을 팔랑팔랑
참새떼처럼 날아갔다

깊이
산에 드니
버릴 것들이
우우 또
달려와 붙는다

불타는
죄의 혓바닥이

날름대는

유혹의 술잔들

버린 가방

다시 찾아

물 따라

내려가는 문은

무겁게 열려 있다

그늘

햇살
한 줌

어두운
방으로
들어온다

숨은
가슴의 글자

모래밭
머리는 풀인가

유랑의 먼 길
길게 뻗는다

소설小雪

상床 앞에
향香은 타고
밤은 영하零下로
내려간다

하루 종일
시달린
손과 발
풀어 놓는다

콩 터는
팔뚝의 힘과
탁배기
한 사발의 해방

세상은
빠르게 달려가는데
나의 시간은
제자리에 서 있다

어둠 안으로

차가운

바람이

휘적휘적 지나간다

패랭이꽃

광덕산 김부용金芙蓉의 묘

왜 사람들은

석죽石竹이라 했을까

기생꽃이라 부른

스님도 있었지

부용의 무덤

물어물어 찾아갔더니

부용은 보이지 않고

둥근 무덤 위

붉은 패랭이꽃

한 송이

숨어 옷 여미며

나를 맞았지

솔바람 갑자기

불어와 옷자락을 흔들더군

유구維鳩를 지나며

수릿재를 넘기 전
차도
쉬던 곳

수릿재 넘어와
실컷
숨 돌리던 곳, 유구

유구
산골짝을 지난다

봄날은
길고

긴 해
저물어

자작 마른 냇물에
하얀 새
한 마리

긴 다리
긴 목
긴 그림자

무얼
생각하고 있는지
우두커니 서
있다

녹천리綠川里 · 2

1

짙푸른 냇물이

밤낮 없이 흘렀다

차령 수릿재에 올라

서해 바람 따라

넘어 온 아득한 꿈꽃들

비단옷감 짜는

소리, 비싸 입지는 못하지만

날 새워 이집저집

손으로 발로

비단 짜는

소리

난리 피해 정감록 따라

빈손으로 와

사장이 된

관서關西 사람들과

충청도

골골에서 모인

진달래꽃 시악시들

서로 만나

석남리 유구천
복사꽃 환한
봄이 되었다

2

스물 이쪽저쪽
건들면
웃음꽃 터지는
아가씨들
새장을 나와
새 세상 찾던
눈물겨운
꿈이
어른거린다
코피 쏟으며
일하던
그 시절이
하늘
저쪽에서
손짓을 한다

강물

일요일은
걸어서
강을 건넌다

강물은
언제나
말이 없고

밤에는
별이
낮에는 새

노는 날
하루 없이
흘러서 간다

금강

하얀
새 한 마리

흐르던 물
머물러

갈꽃
떼 지어 흔들리는

강
기슭

무엇을
생각하나

해
다 지도록

긴
다리로 서서

또, 새

새의
크낙한 날개는
삼경三更의 파도
나의 탑을
부순다
부서진 사리
한 알 한 알
잿빛 마른 땅에
뿌린다

새는
하얀 뼈의
부활을
붉은
부리에 물고
삼천 대천 세계를
날은다
꺄르륵 꺄르륵
까마득히
날은다

소림원에 가서

고불古佛 시모노(심원호) 스님이 주석하셨다

활활
내안에 살던 불
재가 되었다

바람 불어
빈 절마당
휘휘 돌다가

발자국마다
종소리 고여
새 되어 날으는가

고왕암古王庵

맑은
산고랑 물
잠이 없는데

독사
한 놈
머리 들고 있고나

옛 백제왕은
숨었다
잡혀가고

머슴새
휘휘
새벽 봉우리를 넘는다

벌레

이제
벌레가
되나 보다

몸이
일기예보보다
먼저다

몸이 여기저기 쑤시면
꼭 날이 흐리거나
꼭 비가 온다

개미가 떼 지어
무언가 물고 나르면
긴긴 장마가 지듯

큰 지진
땅울림이 있을 때는
벌레가 먼저 안다

인간이 만든
어떤 기계보다
빠르고 정확하다

나이 드니 귀도 눈도
하루가 다르게
어두워지는데

어떻게
몸이
일기예보보다 빠를까

이제
벌레가
되나 보다

겨울 초저녁

두런두런
골목을 빠져나가는
바람소리
초겨울
저녁 바람소리

불 없이
빈방 구석에
까까머리
돌중처럼
앉아

세상 떠난
정든 잎들을
속으로 하나하나
불러본다

0°

손이 시리다
밭두둑을 갈아
감자를 심을
나의 밭
네모난 법 안에
새처럼 산다
발이 춥다
걸어 다리를 건너
흘러가는 먼
너의 강물
무심코 바라본다
둥근 하늘 아래
하얀 나날
비가 올까
눈이 올까

하얀 새

솔뫼 마을
하얀 새

통 말이
없는 새

세상사
다 아는 듯

사람보다
나은 새

해설핏 개구리
무논에서 울 때

훨훨
날아 왔다가

들녘
하얗게 무서리 올 때

돌아가는
새

겨울 강

해
짧다

해 지는 쪽 따라
강물이 간다

긴 그림자 끌고
뒤돌아봄 없이

얼음 아래
강물이 흐른다

제5부

시간의 모래

시간의 모래

모든 건
무너지면
모래다

모래알이
산을 이룬
이유다

가다가
가다가
스러지는 지평선

일었다
이내
스러지는 구름

모든
모래 끝에서
모래가 되는

무궁한

바람의

윤회를 본다

외로운

행성, 지구의

오두막에서

바람종

빈 몸
하나
허공에
떠 있다

살 섞으며
후루룩
새떼가
날아간다

귀 밖은
돌에
스미는
새벽 물소리

뎅 · 그 · 렁
뎅
그
렁

겨울 백로白鷺

금강

연미산
허리 아래
강물 흐르고

붉은 해
설산 넘어
빠졌다

겨울
하얀 백로
하나

살얼음
얼어붙은 위로
날아간다

휘적휘적
노 젓듯
날아간다

강 언덕
무덤 하나
말이 없다

그 곁
나뭇가지에
앉는다

깜빡
흰 불이 켜졌다
꺼진다

사마르칸트 · 1

황토
언덕을 열면
깊숙이
천년 넘어
죽은 사람들이
산다

황새도
넷
갑옷을
단단히 입은
눈썹 뻗은
군인도 있다

남은
햇살
뉘엿뉘엿
마른 강으로
낙타 걸어가듯
해는 지고

사마르칸트 · 2
뽕나무

지금은
잠든
실크로드의 길

하늘을 찌를 듯
뽕나무
한 그루

죽어서 천년
두 팔 활짝 펼친 채
살아 있다

늙은 나무 등허리
하이얀 황새
한 마리

날개 접고
앞만 보고
앉아 있다

따가운 모래벌
걸어가던 낙타떼의
발자국 소리 들린다

사마르칸트 · 3
분꽃

터번을 쓴
수염 근사한
무슬림 장수의
늘전을 지나다가

연못
구석에서
낯익은
여인을 만났다

노을빛
분꽃 몇 그루

엎드려
경배 올리듯
숨 죽여
보고 있노라니

차도르 벗은
아랍 여인이

지나가다가
낯선 이방인을 보고

철들기 전 시집 가
혼자된
누이처럼
웃는다

꽃 아래
떨어진
까만 씨알
서너 알

나그네
손바닥에
가만히
올려 놓는다

백로, 자본의 나라에 오다

초록의 잎에
흰 구름이 둥지를 틀어
멀리서 찾아온
백로白鷺 한 마리
산다

하얀 길
만들어
하얀 길
날라가는
하양白 길路의 새鳥

일생
입 여는 법 없이
천천히
날개 접고
논두렁을 걷거나
노시인의
외딴 집
밤새 불 켜진 창을

바라본다

곧 검은 폭풍이
불어온다
사람들은
야단인데
하나 걱정도 없이
나뭇가지에
그냥 도인처럼
앉아 있다

인심이
사나워서
사람들은 떼 지어
둥지를 헐고
전기톱으로
나무를 벤다

죄 없는 이
죄를 씌워

밧줄 목에 걸듯이

아, 자본의 나라

백로

쫓기듯

날아간다

얄룽창푸강

라사

한라산
두 배도 넘는
높이에서
흐르는 강물

히말라야
만년설이
천천히
녹아내린 물

언 물 녹여
이마에 찍어 바르고
조심스럽게 손바닥으로
한 모금 마신다

자갈길
거친 길 오체투지五體投地로
기어와
물에게 경배를 드린다

나뭇잎에 쓴
경전의 말씀으로
자꾸 절을 올린다

물새

아프면
약을 먹듯이
마음이 가난할 때
강가에 나가
강물을 본다

어느새
하얀 새 되어
이 세상
그중 가볍게
강물 따라
날아간다

돌·3

먼
바다를
바라보는
가마귀 겨울나무
그 아래
돌
홀로
춥다

사문沙門

불을 켜면
사라지는
머언
그림자

끝없는
모래언덕을
타박타박
넘고 있나니

내가 나에게

할 말이
참 많아

입을 여니
말이 막힌다

한 줄기 연기

무엇이든
탈 때는
연기가 난다

하얗게
하얗게
한 줄기 연기

들녘
욕망의
까만 새떼들

허공으로
날아가
사라진다

한세상
가벼운
꿈

그렇게 가고 싶은 학교도 못 가고

문송면

자네를 난
생전에
만나지 못 했네

나는 자네의
전생이고, 자네는
나의 전생일세

서산하고도
서해 바닷가
남면

간신히 소학을 나와
한양에 가서
착한 금속노동자가 되었지

먹다가 굶다가
그러다 납독으로 가슴이 썩어
이 세상 떠났네

돈 벌어
그렇게 가고 싶은
학교도 못 가고

겨우 중학 갈
나이로
숨을 거뒀네

살아생전
난 자네를
만나지 못 했지만

석간신문
한구석에서 한 줄
자네를 보고

혼자 숨어
며칠 밤을
울었네

내

가슴에 깊이

자네를 묻네

사람 찾는 광고

사람을 찾습니다
눈물이 남은
사람을 찾습니다

돈 없이도 넉넉한
신 없이도 고요한
그런 사람을 찾습니다

흙을 파 맨발로
씨알로 심는
머슴꾼을 찾습니다

하늘을 섬기는
일자무식
새 같고 나무 같은
그런 바보를 찾습니다

까막귀

아직
나무의 말을
알아들을 수 없습니다
한 십년 더 지내야
나무의 말을 새겨들을 수 있을까요?
그런 다음 한 십년쯤 더 지나야
산의 말을
알 수 있을까요
그때 나는 이 세상에 없겠지요

제8시집

머언 집

| 차례 |

제1부 머언 집

제2부 나의 내세

제3부 가을 끝에서

제4부 말 없는 말

제5부 그렇게 또 그렇게

제1부

머언 집

머언 집

허둥허둥
여름은
가을 골목을 지나
훌쩍
가버리고
나만 혼자 남아
어느새
뼈의
겨울이 되었다

산모롱이
웅달
굴딱지처럼
납작 엎드린
초가삼간
칼바람 가득한데
울도 벗었다

나즈막한
여윈

굴뚝에

실핏줄로

가늘게 피어오르는

저녁연기

한 줄기

머언 먼

돌탑

돌 위에 돌이 놓여 있다
살 위에 살이 놓이듯
까치발로 서 있다
뼈 위에 뼈가 서 있듯
비바람에 여위어 있다
누구에게 가슴에
집어던진 것이냐
4월에 5월에 또 6월에
집어던진 것이냐
사람에게는 눈감는 순간까지
꿈이 있다
어디 사람뿐이랴 나무도 벌레도
다 꿈이 있다
꿈에다 꿈을 얹어
하늘 아래 서 있다
보이는 것들을 서로 포개
보이지 않는 높이로
서 있다

나무에게 길을 묻다

안개 깊은 날
나무에게 길을 묻다
데리고 온 길을
민들레에게 주고
지금 여기가 어디냐고
길을 묻다
더러는 달빛에 여울지는 창가
아니면 새벽 샘을 기웃거렸으나
먼 산 바래기, 링반데룽
비 오는 저녁 갈림길에서
나를 놓고 길을 묻다
얼마나 더 헤어져야
길이 나오느냐고
다 버리고 서있는
오래된 나무
나무의 어깨를 툭 치며
길을 묻다

기다림

나무
나즉이 부릅니다
나무 밑에
봄이 와 있습니다
물 흐르는 소리
무슨 살 내음으로
아득히 들립니다
누가 날 돌이라 하나요
발로 막 찹니다
바다 한가운데 떨어집니다
하얀 섬이 되어
백년을 또 기다립니다

구름의 바지

마야꼬프스끼

바지를 홀랑 벗으니
밤이었다
밤이 깊어지면서
섬이 되었다
구름은 본시
아랫도리가 없는데
바지는 무슨?
바지를 버릴까
버리면
비가 될 텐데
천둥이 될 텐데
코피 쏟던
오월의
들꽃 창가에
거짓처럼
지나가는
물이 될 텐데

망해사望海寺

밀물이 밀려왔다
산 사람의 목숨같이
잠깐 머물다
다시 썰물로
바뀌는
파도의 벼랑에
새둥지처럼
달려있는 절
장좌불와 결가부좌로
참나무 마루
다 닳아
짠 물결만 일렁일 뿐
백제 적 노스님의
새벽 기침소리
울렁울렁
달오름 소리

떠도는 돌

은적암隱寂庵

비자나무 처녀림 속에 숨어 있었다
여름 내내 떠들썩하게 달리던 산골물도 말라 있었다
마른 나무 다리가 건성으로 걸려 있었다
개와 자본주의자는 들어오지 못함
지나가는 바람이 길을 막고 말하고 있었다
떠돌이도 들어가지 못함
작은 소리로 팔을 벌리고 있었다
모든 길은 오다가 굽은 조선소나무 아래 주춤 머물다가
빈 걸망을 둘러메고 돌아가고 있었다
그것은 낯선 침묵이 되어 수천 바다의 비늘로 반짝이고 있었다
마침표 같은 민둥섬으로 나는 떠 있었다
늙은 바위 아래 대적전 옆구리, 매화나무 한 그루
딩동딩동 꽃망울을 벙글고 있었다
하루 종일 거문고 튕기는 소리가 들려오고 있었다

재

불에 들어가면
무어나 재가 된다

재속에서
새가 날은다, 했던가

빈 가지에 뿌리에
활짝 꽃이 핀다, 했던가

사라지는 모든 것은
새가 되고 바람이 된다

침묵의 끝에
그날의 해는 다시 뜰 것이다

겨울 벌판

누군
나를
소나무나 잣나무라
했다

소나무
잣나무
다 버인
겨울 벌판

벌판에서
홀로
두리번두리번
길을 찾는다

시골 폐교

시골
풀빛학교가
또 문을 닫았다

전교 학생 스무나문
몇 해 전만 해도
백 명이 훨씬 넘었다

선생님은
교장 선생님까지
합하여 예닐곱 분

학부형
엄마는 시골살림 참지 못하고
대처로 돈 벌러 나가 감감 무소식

아빠는 엄마 찾아
대처를 떠돌다 지쳐 돌아와
술타령 끝에 농약을 마셨다

할머니만 살아
식사 당번 날 오셔서
밥도 하고 설거지를 하셨다

수수십년 정든 학교
기어코 문 닫으니
우리 남은 애들 어쩌나

빈집 · 1

성城 모롱이
구불구불
올라가는 길

나즈막하게
낮은 어깨를 만지며
비가 내린다

낡은 집은
벌써 몇 해째
비어있다

주저앉아
울고 떠난
낯선 얼굴

빗줄기
사이로
어른거린다

빈집 · 2

빈집에
철쭉이 피었다

어린 날
하늘 울리는
동요처럼

화안하게
환하게
꽃이 피었다

종소리처럼
내 서러운 젊은 날의
쉼표처럼

사람은
가고
없는데

가는 것들

높은 하늘
깊은 곳에서
가을이 온다
가득한 저녁
바람 소리
앉아있는 자리에서
옮겨 앉으면
머리 위로
떨어지는
무수한 잎새들
흐르는 물이 되어
흐르고

낯선 나

나도 모르게
낯선 곳에
와 있다

하얀 벽
플래카드
검은 글씨로
크게 붙은

조 · 재 · 훈
이름
석 자

저 자가
도대체
누구지?

나는
낯선 나 앞에서
두렵다

나 안의 나

나 잡으러
내가 간다

머리카락 보일라
꼬옥꼭 숨어라

저 안의
어두운 벽을 뚫고

고대의
신처럼 눕는다

메두사의
혀는 날름대고

나는 나로 하여
숨이 막힌다

겨울 아침

가벼운
엽서葉書 한 장
낙엽처럼
날라 왔다

손등의
굵은 정맥이
늙은 산맥처럼
튀어 나왔다

떠돌이 되어
바다 건너
모셔온
만년필

수혈하듯
작은 창자에
잉크 가득
내장한다

겨울이다
휘적휘적
홀로 가는
먼 길이다

밤배 · 1

검은 비단 물결
헤치고
멀리
밤배가 간다

화안한 봄
이마에 달고
콩콩 맨발로
밤배가 간다

바다 건너
어디로 가나
기다리는 이
누구일까

어둠을 헤치고
아가
젖 물리듯
밤배가 간다

꽃꿈 안고
멀리멀리
풀잎처럼
혼자서 간다

제2부

나의 내세

나의 내세來世

나는
바람둥이
떠도는
집시

집도
땅도
없단다
처자도 없단다

이 마을
저 마을
구름처럼
떠돌다가

어느 날
이슬처럼
사라진단다
노을처럼 사라진단다

나는
바람둥이
바람 따라
동서로
떠도는
집시

집도
절도
없이

주민등록증도
국적도
없이

몸
하나
정처 없이

흘러

흘러서

가고

봄비 · 1

언 땅
가슴 깊이
들어가
만나는 불빛!
날 새는 줄
몰라라

별別 · 1

피었다
지는
들꽃의
만나는 바람

바람의
울림 위로
흰 구름
머문다

짧은
한 삶의
외줄기
길

하얗게
떠돌다
자취 없이
가나니

뒤

돌아보지 않고

훌훌

가나니

나의 벗

1

내 벗은
파초다

할아버지가
세웠다는

시골학교
뒤란

백년 넘어 살다가
강과 산 너머 온,

소나기 지나가면
후두둑 소리를 낸다

그리고는
말이 없다

2

태어난

고향이

어딘지

잊은 지 오래다

물과

바람만

있으면

집이다

지옥도

천당도

아무 것도

모른다

3

밤이 오면

십자성을

만나는
재미로 산다

떠돌이

새도
해질 무렵에는
제 집 찾아
날아가는데

떠도는 이
길 위에서
먼 저녁연기
바라보누나

뼈가
어디 있고
살이
어디 있는가

피붙이들
저 살려고
딴사람이
되었다

집을 바라보며

부슬부슬
푸른 나뭇잎에 떨어지는
빗소리
옛적 백제의
섬돌에 서서
나 사는
빈 집을 바라다본다
오뚝 벼랑에
서 있는 집
낡은 책이 순서 없이
숨 쉬는 집
비가 새어
서너 번 지붕을 갈았다
73년쯤
리어카 끌고 책이랑 돌
싣고 왔으니까
어느새 사십 년이
훨씬 지났다
비가 오나
눈이 오나

연탄가스를
조석으로 맡으며
조랑조랑
살아온 집
주인 잘못 만나
아픈 마음이 든다
고즈넉이
비 맞으며
바라보는 나를
바라보는 집
저녁밥
지을 때가
되었나 보다
저 아래
노인회관에서
마을 아주머니들
언덕을
올라가고 있다

설산동자雪山童子

하늬바람
불자
눈보라

걸어온
발자국이
지워진다

맨발
맨살의
맑은 사람아

노을은
붉어
하늘을 덮었다

가을 입구

발끝에
차이는 이슬

가을
낮에도 우는
풀벌레 소리

어린 날인 양
맑다

걸어서
또 걸어서
먼 길

어디로 갈까

어느 날의 실직

키 작은
꽃

하얀 종이 위
기어가는 점

문밖으로
나가기 전

그걸 한 동안
바라보는 사람

그 사람을
또 바라보는 사람

소나무 한 그루
두 사람을 바라본다

꽃은
키 그대로다

네모난 종이를

점은 두 바퀴나 돌았다

풀피리

부드러운 언덕의
맨살이
흔들린다

바람 불어
무덤의 잔디도
덩달아 푸르다

지상地上의
한 고아孤兒가
부는

삘릴리 삘릴리
풀피리
소리

거울 앞에서

싸락눈
내리는 날

새
둥지다

너, 누구냐
너, 누구냐

머리 위
달이 머문 건

뒤에
산이 지켜 있어서다

입추立秋

성큼
가을이 왔다

나무마다
식욕이 떨어졌다

해도 뭐가 그리 바쁜지
걸음이 빠르다

마른 자갈의
개울에 그림자가 길다

가을 어느 날

귀 어둡고
눈 어두운
가을 어느 날
갈림길에서
문득
밤하늘의
별을 만났다
참으로
오래 잊었다가
바라보는
빛이었다
여전히
뜨겁지는
않았지만
가야 할
먼 길이
거기
남아
있었다

별別 · 2

하나 둘
세상에 나와
사귀었던 친구들
하나 둘
이 세상을
떠났다
땅위의
미련을 끊지 못하고
뒤돌아보며 뒤돌아보며
가을잎처럼
떨어진다
차례도 없이
섬처럼
떠돌다
가뭇없이
사라진다
예고도 없이
그런 날이
나에게도
찾아오리라

또 가을

햇살이
탈탈
낙엽처럼
가볍게
날은다

모든
살아있는 것들은
보따리 챙겨
고향으로 가는
막차 차표를 끊는다

굴뚝 옆에서
기다리던
어머니
이미 세상을 뜨고
늙은 대추나무만 두어 그루 남았다

어린 날
땅뺏기

놀이처럼 땅을 뺏기고
빈몸으로 찾아가는 길은
무겁다

시인

시인은

고향을 잃은

사람

세상이

다

고향이므로

시인은

나라에서 쫓겨난

사람

바람 따라

종신형을 사는

죄인

거칠 것도 없이

한데 잠을

자지만

세상이

다

내 것이므로

옛 잃어버린 내 마을

동시풍

1

오락가락

빗방울

떠날까 말까

가고 오고

백 리

온 하룻길

— 여름 어느 날

2

모락모락

낮은 고향 굴뚝의

저녁연기

솔걸불

밥 자치는

구수한

내음

— 초겨울

3

싸락싸락

싸락눈

사립문 밖

싸락눈

누가 오시나

누렁 강아지

컹컹

— 싸락눈

4

냇가

기울은 주막

바다 쪽으로

바삐바삐

내닫는 냇물

느릿느릿

상머리 젓가락 장단에

막걸리

한 대접
하루 해
어느 새
저무나니
—주막

5
오려 한 짐
작대기로
바쳐 놓고
서쪽
바다 위로
물드는 노을
아, 벼나락 대신
저것 잔뜩
짊어지고
갈까나
훌훌
먼 나라로

갈까나
— 해동갑

6
감나무
우듬지
까치밥 한 알
저 위로
시린 상달의
하늘

울고 싶었다
— 까치밥

7
겨울이
아직 묻어 있는
앙상한

검은 가지
기어올라
바구니에 든 사람재를
확 뿌리니
탁 탁탁 꽃송이 터져
천 송이 만 송이
별안간
환한 세상이 되었다
여기저기서
쏟아지는
깔깔깔
애들 웃음소리

어린 날
시골 소학교
1학년 1반 담임
스물 안팎의 처녀
디카하시 선생이
들려준
그 나라

옛적
이야기
—살구꽃

제3부

가을 끝에서

가을 끝에서

하이얀 날개
파아란 하늘을 쳐
쏟아지는 맑은
물소리 빛소리

솔잎 날을 세워
추위를 맞고
창문마다
틈을 막는다

밤늦게
혼자서 좁은 골목길을
걸어가는
어깨 여윈 한 사람

찾아갈
번지수는 이미
은행에 들어가고
빈 벌판뿐

잃어버린 동화

커 가면서
별
잃듯이

집 짓고
문패
달듯이

다
닳은
구두 닦듯이

물세
불세
텃세 내듯이

아
돌아가는 길
잃듯이

가을의 끝

흙에서 나와
흙으로 돌아가는
일순의
삶

매달린
가을나무
마른 가지의
잎새

세우자고
싸웠던 것들
하얗게
뼈만 남고

빈자리에
그늘
어른거리고

길

끝없는
사바 세상을
걷는다

노을은 붉고
가야할 길은
멀다

그날 통곡하고
떠난 나의
뼈

멀리서
깃발처럼
손을 흔든다

빈집 · 3

영하로 한참
내려간 날이다

빈 마루
햇살이 가득하다

처음 보는
낯선 고양이 두 마리

검정 털과 하얀 털
남매인지 모른다

서로 부비며
뒹군다

귀엽구나
살아있는 것

모르는 집도
내 집인 듯

어디 매임 없이

놀다가 푹 잠이 든 것

겨울밤

돈이 도는
세상
피가 돌지만
고개 너머
두고 온 꿈
언제나
동구 밖
느티나무처럼
서 있구나
떠도는
이의
집 없는
집
흔들리는
호롱불이여

햇살 쬐금

응달에
지나는 겨울
햇살 쬐끔

주머니 털어
내주는
동냥처럼

살 나온
젖가슴
얼른 지난다

때 절은
농협 통장의
잔고처럼

잠깐
머물다
소리도 없이

뒤도
돌아보지 않고
손 털고 간다

심검당尋劍堂

허공에
걸린
시퍼런
칼날 하나
천둥이 운다
가슴 열어
등불 들고
연꽃
한 송이
피운다

밤길

비실거리는
내 젊음의
까마득한
낭떠러지

불붙는
술처럼
활활
꽃이 피었다

어지러워라
어지러워라
바로
선다는 것

혼자
날 버리고
혼자서
가노니

기인 그림자
비틀비틀
걸음마다
흔들리노니

독거獨居

혼자
자고
일어나
혼자 밥해 먹고
왠지 추워
혼자 술 한 잔
털어 넣고
바라보는
앞산
흰 구름
머물다
간다
새 한 쌍
날아와
말을 걸다가
안 통하는지
저 아래
빌딩 높은 곳
찾아
날아간다

언젠들

산다는 게

혼자

아니랴

빈손으로

혼자 왔다

혼자 가는 것

살얼음

바람이
물 위를 지나듯

무게를 빼야
건널 수 있다

첫걸음이 만 발자국의
시작이지만

바람 따라
돛을 돌리듯

비잉 돌아야
마지막 언덕을 오를 수 있다

앞에 길게 놓인
강의 겨울이어

끝없는 누군가의
시험 앞에서 있다

마당 없는 집

마당이 있어야
숨을 쉬는데
그 집은
마당이 없다

대신
산 너머 바다가
어쩌다
등을 보인다

밤에는
그래도 얕보지 않고
별 가득한
하늘이 내려온다

철모르는 새들이
철이 드는지
가끔 와서
안부를 묻는다

한 뼘 둘레에다
하양 보라 진분홍 연분홍
봉숭아 모두 불러 모아
새들의 합창을 듣는다

나싱개

녹다 얼다
묵정밭

달래도
삐죽삐죽

나싱개도 덩달아
나왔다

빈 독
쌀은 떨어지고

나싱개
죽 쑤어

끼니를
잇는다

오래된 집

젊어서
집을 나온
바람
나이 들어
돌아온다

옛 문패는
사라지고
새 문패 이름
낯설다

마을
둥구나무도
베어지고
없다

갈밭

보리 이랑
머리 풀어
일렁거렸다

꽁꽁
닫힌
문 열고

살아남은
것들
모두 미쳐

모든 게
모든 것
껴안는다

코피를
꽃처럼
쏟던 어느 날 오월

하늘을
누워서 바라보던
마을이 있었다

게눈

개펄
숭숭 뚫린
구멍

게가
산다

쫑긋
두 눈

밀물
기다리다가

발자국
소리가 나면

이내
눈을 감춘다

땅이 풀리면

겨우내
꽁꽁 언
땅이 풀리면
새싹이 움트는 듯
마음이 놀아나
천리만리
달리누나
빙판을
말이 달리듯,
잠시
머물러야 할
간이역에
서서
서서히
식은 차 한 잔으로
나를 식힌다

책벌레

묵은
책들
흐린 등잔불
아래
읽다 보면
어느새 벌레가 된다
혼자서
가진 것 없이
집도
끼니도
없이
머언 하늘
터벅터벅
찾아가는

광목廣木

돌아가신
어머니

목화밭
목화를 따서

아주까리 기름불 아래
밤새 짜신

광목
무명옷 한 벌

이제
간 곳
모르는

겨울 참회

진양조로
눈발 날리면
겨울잠 자는
짐승의
흉내라도
내고 싶다

벌지 않고
자고 먹기
벌써
열 해 넘겨
15년

하루
한 끼로
웃은
세상
다할 때까지

참

몸 둘 바 모르는
밥벌레
외상으로
벌레처럼
살아야 한다

하는 일 없이
신발
뒤축은
다 닳아
갈아야 하는데

잊지 않고
세금은
용케도
찾아와
손발을 묶는다

일하고
싶어도

일이 없어

실업자인데

그것도 죄인지 몰라

죄 없는 죄인

혓바닥으로
핥는
붉은 상처
짐승처럼
잠 못
이룬다

알던 이도
모르는 척
고개 돌리고
오늘은
어제가 아니다
낯선 거리

여기
저기서
돌을 던진다
전 생애에
죄 없는
이마에

산 깊은 길
찾아
바람 부는
꼭대기에 올라
밤하늘의
별을 바라본다

나와 함께

밥을 굶는다
해가 짧아서 좋다

책을 읽는다
밤이 길어서 좋다

끼니를 잃으면서
뭣 하러 남의 책을 읽는가

알 수는 없지만
나 혼자 있기 때문

나는 지겹게
나하고만 산다

마음 상할 일 없는
백수다

눈치 볼 일
싸울 일 없어 좋다

좋은 걸 누군들

싫다고 하랴

제4부

말 없는 말

말 없는 말

바람 소리
들어라

산울림 소리
들어라

소리 없는
소리

그것은 모든
감추인 중심에 있다

나풀거리는 풀
수런대는 숲

별이 쏟아지는
깊은 밤에 들린다

말이 없어야
말이 숨 쉰다

혼자 사는 집

구름도
다리 절어
오지 못하고
전기도
힘이 빠져
오지 못하는

바다
건너
산
너머
산

풀로 엮은
집
햇살이
공짜로
철철 넘친다

왜 여기까지

그 독한 세금도
찾아오지 못할까
신문도 무엇도
찾아오지 못할까

사철
샘물 솟는
뒤란
봄이 되면
봄이 오고
겨울이 되면
겨울이 오는

산다는 죄

하루
두 끼

버는 것도
없이

남에
기대어

쌀만
축내니

이제 한 끼로
줄일까

물도 돈
전기도 돈

갈수록
사는 죄

짐 진 듯
버겁다

바다 · 2

1

탈탈 다
가진 것 털려도

바다는
한 잔 하자고

내 손목을
잡는다

마른 손을
잡는다

2

빈손으로 가도
바다는 언제나
반가워한다

철썩철썩

찬 등을 두드려
열어준다

먼 바다
구름 이는
저 섬의 날개

이틀 뒤면 가을 둥근 보름달

혼자서
조심조심
다 익은
들깨를 털다가
잠깐 쉬러
오두막에 오니
구석에 놓인
손전화가 운다
공장에
다니는 서울의 동생
안부 끝에
오늘 형님 귀 빠진 날인데요
미역국이라도 드셨나요, 그런다
나는 내가 세상에 나온 날을
잘 잊기도 하고
일부러 지워버린다
죄송해요, 어머니
저 세상의 어머니
병원 한번 가시지 못하고
한겨울 눈 감으신 어머니

땀 절은 얼굴을 씻고
흙 묻은 발을 씻었다

은행을 나오며

잔고가
0이었다

나는
빈털터리

자유로운
무산자

갑자기
새장에서 나온
새처럼

둘레둘레
둘러보았다

자유가
보이지 않았다

어디에도
피 묻은 입뿐

시름없이

물처럼 그렇게
하루하루를
넘길 수 없을까

새가 나는
길처럼 그렇게
둥글 수 없을까

산에는
산길이 있고
바다에는
바다길이 있다

꿈에도 길이
길에도 길이
있다던데

시름없는 듯
흘러가는
저 구름처럼

어느 날

가진 것

다 버리면

가을이 되는가

저토록

파아란 하늘의

깊이를

어느 때에나

이를 수 있을까

노오란 들국을

눈으로 어루만지며

문득

도잠陶潛을

생각한다

한 점, 먼 강 건너 불빛

저 강 건너 오두막
누구일까
잠 이루지
못하는 사람

떠돌다
길손들은
자기 몫의 짐을 벤 채
쿨쿨 잠이 들고

야삼경
통통배는
마악
삼협三峽을 지난다

석류꽃

이글이글
뒤란을 밝혀
꽃뱀 기어 나오는
뒤란을 밝혀

스무 살
겨우 넘어
새벽마다 피 쏟던
시인

그가 묻힌
무덤 위에
자라는 나무
가지마다 꽃등 달았네

봉숭아

지난 해
봉숭아
제가 터친 대로
꽃이 피었다

누구 하나
돌보는 이 없이
하양 분홍 빨강 보라
잔치가 한창이다

이 긴
여름 해
쩔쩔
끓는데

아름답다 곱다
어루만지는 이 없이
저희끼리
피었다

살 부비며

볼 부비며

저희들끼리

피었다

돌이나 되자

눈 감고
귀 막고
돌이나 되자

피는 무엇이며
살과 뼈는 무엇인가

물신物神의
피붙이와

이제 딱 끊고
결별이다

오랫동안
참았던 나의 길

쓸쓸하지만
가볍게 가자

본디 모든 게 남남인 걸

몰랐다는 건

아직 돌이
아니라서다

말 벗어버리고
발로 차면 뒹구는
돌이나 되자

하늘책

하늘은
책

페이지마다
별들이 가득하다

하느님은
외출중이신지

모닥불 피워 놓고
춤을 춘다

나비는 불에서
나와

별들의
골목을 헤맨다

반짝
반짝이는

저

신대륙

봄비 · 2

내내 얼었던 돌도
비를 받는다

살아있는 모든 것들은
돌아간다

돌아가는 무거운 어깨의
어둠을 털면

저녁의 섬 하나에
불이 켜진다

두고 온 빈집
마침내 문이 열린다

제5부

그렇게 또 그렇게

그렇게 또 그렇게

장대 끝에 앉은
빨간 고추잠자리 보듯

어깨에 잔뜩 든
힘을 빼고

흐린 눈 흐린 대로
가는 귀 가는 대로

본디 없는 의미
날 새워 캐려 말고

소매 스치는 바람 보듯
토방에 놀다가는 햇살 보듯

밤낮으로 흘러가는 물이 되어
뺨 맞고 허허 웃는 바보가 되어

흐린 술잔 혼자 들고
머언 산 흰 구름 뒷짐 지고 바라보듯

깊은 겨울밤
무심코 지나가는 바람소리 듣듯

그렇게
또 그렇게

해탈解脫

문득
지난 여름
주렁주렁
첫눈 같았던 이팝꽃
피었던 때를 생각한다

외떨어진
섬
공항이 되어
밀려나 쫓긴
목사 동생

시립 화장장에서
한 줌 하얀 가루로
번호가 붙여
생면부지의 항아리들 옆에
앉았다

처용처럼
탈 쓰고

기쁜 척 껄껄 웃으며
술잔 혼자 기울이며
끝없이 걷던 밤길

나의 모든
소유를
흐르는 물에
한 줌 재로
보내고 싶었다

매어 있는
모든 것에서
탈탈 벗고 풀려나
유랑의 지팡이를
짚고 싶었다

파초

두 팔
활짝 벌린

파초야

나그네처럼
지나는 바람

펄럭이고
있구나

갈기갈기
찢어진 살

너의 앞
빈자리에

파초야

갈 곳 없는
나, 앉아 있다

원추리 · 1

야트막한
산기슭
노오랗게 혼자
원추리 피었다

원추리
노오란 각시
노오란 저고리 입고
누굴 기다리나

장마 가면
가마 타고 산 너머
처음 보는 총각한테
시집을 간다

원추리 · 2

노오랗게
원추리
긴 목 뽑고
두리번 두리번
갑자기 가만히 있던 숲이
수런거린다
기어가던 벌레도
고개 들어
쳐다본다
빗물은
골짜기 물이 되어
신나게 흐른다

첫여름

세 잎
파초
사이

산
언덕
대숲에

늙은 절
한
채

깊이
잠이
들고

졸졸
물만
혼자 흐른다

관음觀音 앞에서

깊은 밤
솔바람 소리
별이 슬린다

세상
가장 낮은 자리
거기 꿇어 앉는다

천이나 되는
저분의
눈 어딘가에

천이나 되는
저분의
손 어딘가에

내 죄의
뽀얀 먼지
누워있는가

풀잎 배에 얹혀
한바다 바다 건너는
달마 보고

입 열어
무엇이라
하실까

두보杜甫에게

그가
홀로
몸이 아팠듯이
나도
하루가 다르게
무너지는 몸
이끌고
흘러가는 바깥세상을
바라본다

장강
가파른
언덕 마을
약초를 캐어
팔아서
식량으로 바꿔
식구를
먹이던 두보杜甫

나는

하는 일 없어

돈이라도

금쪽처럼

아껴

돌깍정이

염치도 없이

눈치 보며

보낸다

붉은 여뀌꽃

털털털
시골길
시내버스 타고
가다가
갑자기 고장 나
난데없이
섰다

자작자작
물이 마르는
물속에
다닥다닥 붉은꽃
얼굴 부비며
피었다

나를 아는지
지금은 어디서 사느냐고
물었다
장가는 들었냐
아이는 몇이냐

별것을 다 물었다

한참
낄낄대며
담뱃불을
주고받는데
떠납니다 다 고쳤어요
차장이 소리쳤다

봄비 · 3

허전한
삶의 여백에
모처럼
내리는 비

누추한
내 길 위로
다 용서한다고
비가 내린다

땅은
아직 마르고
풀리지
않았다

비록
자갈로 가득한
뜨락이래도
밤새 내려주시라

관음죽觀音竹

평생
좋다 나쁘다
입을 열지 않는다

사람들은
냄새를 잘 마신다고
화장실에 놓는다

화장실
지킴이로
대접해 준다

세상
소식을
다 보지만

보는 게
약이니
보이는 게 병이다

밭고랑에 비닐 씌우며

농사

씨알이
어디 숨었나
철이 되면
파랗게 머리 들어
살아나는 걸
숨소리 죽여
들어야 하거늘

심술이
배여선가
비닐로 씌워
숨을 막으니
참으로
부처님
천벌 받을
일이로다

바람
불어
덮은 것

바다로 가면

그제야

밥사발 앞에 두고

먼 하늘 볼거나

김삿갓

삿갓 쓰고
삼천리

바람처럼
방랑하던
바람의 넋

어딘들
밥이 없으랴

비 오면
비에 젖고
눈 오면
눈에 묻히고

주막
가물거리던
등불

이제

가뭇없이
다 꺼지고

산속으로
가랴
사람 없는
섬으로
가랴

노을 · 3

인도양 건너
바람 가득
바랑을 멘
사문
하나이
백제 적인가
신라 적인가

향나무
한 쪽
가져와
천년만년
동굴 안에서
타오르고 있나니

뎅그렁
뎅그렁
빈 하늘
종이 우나니

무릇꽃

이른 봄
마른 풀
틈에서
불쑥 나와
앞뒤 가릴 것도 없이
꽃대를 올렸다
꽃대 위
등대 같은
하얀
꽃
한 송 이

나비

하늘하늘
가벼운
무지개
날개

나이를 묻지 말라
방글방글
젖내 나는

늘
새내기
한 살

파동巴東을 지나며
장강長江 기행

강을 거슬러
밤낮으로
배는 4층의 아파트
안개 짙으면
쉬다가 간다

씻은 듯
안개 걷히고
다다른 마을
가파른 산언덕에
집들이 숨이 가쁘다

이름은 파동巴東
산과 물 바라보며
옛적 삼국의 싸움
떠올리니
등이 서늘하다

나중에
알고 보니 기주夔州

두보가
가난 벗 삼아
약초 팔아 살던 곳

예순 넘어
머언 바다 건너
작은 나라에서 온
낯선 나그네
절로 눈시울 붉다

무량사無量寺

매월당梅月堂의
목에 건
굵은 나무염주

그의
슬픔과 기쁨이
담겨 있다

죽자니
죽을 수도
없는 자者

살자니
살 수도
없는 마음

나뭇잎
따
시를 쓴다

흘러가는
골짜기 물에
띄운다

큰 내는
다시 강으로
강에서 바다로 이른다

한양도
구름 너머
까마득하고

세상은
끝없이
예나 제나
흔들린다

제9시집

항해, 나의 지중해

| 차 례 |

제1부 새 · 돌 · 꽃 그리고 바람의 길

제2부 가만히

제3부 구름 위의 작은 집

제4부 난

제5부 강물은 뒤돌아보지 않는다

제1부

새 · 돌 · 꽃 그리고 바람의 길

새·돌·꽃 그리고 바람의 길

하얀 날개의
느릿한 걸음
부리가 노랗다

욕심을 버린
깊은 산속의
노스님 같다

바다, 저 완도 물매섬에서
강물, 저 장강 삼협의 모래톱에서
흰 종이로 싸 모셔온 사리들

나의 날아간 날과
휘청거리며 돌아온 날과
서로 엉켜 꽃이 되었다

산기슭의 키 작은
풀꽃들이어
실핏줄이 보이는 살이어

돌은 십년 수도 새가 되고

새는 백년 수도 꽃이 되어

끝없는 모랫벌을 바람으로 기어서 간다

가는 4월, 연두빛

겨우내
긴
침묵이
만든 걸까

빼꼼히
창문처럼
내다보는
눈마다

나즉이 나즉이
어린 날로
이끄는
저, 연두빛

그 4월을
따라가면
무엇이
열릴까

봄비 · 4

1

비어있는

땅에

봄비가

온다

땅

땅

울리는

흙속의

씨알

터지는

이

숨쉬는

땅에

봄비가

온다

2

안으로

안으로

스며드는

빗물

거기에는

고개 넘던 날의

눈물도

있어

긴

밤

어둠 속에

등불을 건다

3

밤 새워

보고 싶은

사람

남몰래

숨겨둔

마음을 꺼내

릴케처럼

길고 긴

편지를 쓴다

천 개의 산

짚신
다 닳았네

넘고
또 넘고

홀로 넘는
길

천리 길
한양 가듯

시거리
주막에서

목침 베고
하루 쉬고

비가 오면
비 맞으며

눈이 오면
눈 맞으며

넘는
구백의 산

넘어야 할 산
아직 백이 남았네

돌문

깊은 구멍에
넣어
돌리면
참깨!
돌문이 열린다

어둑한
안에
황혼이
번쩍이고
길이
얽혀 있다

수없는 계단마다
출국 수속이
한창이고
일요일이
거기도 있는지
종이 울린다

룸비니

깊은 숲
골짜기의
숨은
물소리

하루
내내
새 한 마리
날아오지 않는 곳

잘 익은
햇살이
산수유 열매처럼
붉게 익었다

시간이
가다가 머문
싯다르타의
룸비니 나무

덩그렁

덩그렁

온몸으로

우는

이 세상

가장

낮은 소리가

들린다

또 보내는 한 해 앞에서

다달이
흰 벽에
생각 없이 매달린
달력을
뗀다

어느새
머리에 오듯
눈발이 날리고
하는 일 없이
한 달이 간다

밭은
얽힌 잡초들이
실없이 시들어
기다림을 버린다

아직
가슴 저 안
강물이

콸콸
피처럼 흘러

가는 걸음
멈출 수 없어
하늘 저쪽에 또
별들을 헤아린다

바람에 누워

나이 들면
세상 이치
훤할 줄 알았는데

그게
아니다
막히고, 없던 것이
일어난다

다 잊으려고
큰 맘 먹고
산에 든 사람
산을 버리듯

땅도,
씨앗 묻으면
싹이 트지만
풀에 쫓긴다

몸도 말을

듣지 않고
그냥 그대로
있으라 한다

날 가는 것
해와 달로 알고
눈 뜨면
하늘부터 본다

어디 남은 날
있으면 있는 대로
없으면 없는 대로
갈지자로 걸어가 보자

순환

날씨가
하루가 다르게
내려간다

나날의
산다는 일도
그렇다

영하로
내려가도
한계가 있다

세상의
얽힌 일도
그렇다

봄이 오면
여름이 오고 여름이 오면
가을이 온다

산다는 일의
리듬도
그렇다

생로병사의
사계四季가 그렇게
돌고 돈다

중심中心

중심을
버리라 한다

버려야
잘 보이고 잘 들린다고 한다

중심이 있어서
끊임없이 싸운다고 한다

중심을 빼면
순수해진다고 한다

모든 보이는 거
모든 보이지 않는 거

끝없이
움직인다

중심을 놓을 때
작은 것은 큰 것의 밥이 된다

은행의 차압으로
빨간 딱지가 붙는다

정신 차렷!
중심을 놓치면 죽는다

버리라 하고
가져가는

술수가
무섭다

바다 앞에서

이제
7월이 간다

말 달리던 파도의
푸른 말발굽 소리

초원을 달리던
몽고의 말
보이지 않는다

과거의 씨앗이
미래의 꽃으로
드러난다는 꿈이
괄호 속에 묶인다

가도 가도
발자국
모래알
머언 발자국

이른 봄 농사

하지 감자
쪼개어 심고

완두콩 두 알씩
두 줄로 심었다

감자는 거의
두어 달쯤 지나야

완두콩은
두어 주일쯤 지나야

땅위로
떡잎을 내밀 게다

일할 때는
고단해도

마음이
깨끗해진다

잠도 꿈 없이

달다

봄비를 맞으며

마른
봄
비가 오신다

목 빠지게
기다린
봄이 오신다

자작자작
신발 끌며
비가 오신다

목마른 대지
속삭이듯 촉촉이
비에 젖는다

기지개
활짝
펴고 흠씬

안으로

안으로

비를 맞는다

숨 쉬는 말

천년
개봉하지 않은
편지처럼

상큼한
풀내 가득
가득한

말없이
은은한
산그늘 저녁 종소리

이리 풀어도
풀리지 않고
저리 풀어도 그런

그윽한
부처님의
무릎 위에 놓인 손처럼

여든의 시

지시엔린季羨林 선생은
그의 웨이밍호
북쪽 버드나무 집에서
동행한 조선연구소 안교수에게
몇 살이냐고
웃으면서 물었다
예순 넷입니다, 라 하니
니엔칭런年輕人이라며
또 웃었다
참 맑은 웃음이었다
자기 나이 여든이 넘었다고
나 어느새
그 나이가 되었다
잘못 한 순간
정신 못 차리면
오락가락
사람 이름
다 달아나지 않을까
그럼 나도
그때

도인될 가능성이

있을까 하 · 하

아하

까마득히 걸어온

여든

날이 길다

제2부

가만히

가만히

하얀
하루분의
알약

눈이
천천히
내리는 날은

그게
평온으로 이끄는
약이다

식후
삼십 분
알약은 그냥 가만히

나무와 구름

나무는
매양 푸른 얼굴로
해를
쳐다본다

나무의
단단한 어깨에
구름이 지나다가
머문다

나무는
숲을 이루고
새를
키운다

구름은
숲에서
하루를 쉬며
비를 내린다

햇살이 이렇게 찰찰 넘치는 날

나는 무엇을
새기고 있는가

하는 일 없이
헌 잡지나 뒤지며

남의 쓰레기
글이나 읽으며

살을 하염없이
무너뜨린다

이렇게 홀로
햇살이 넘치는데

나는 무얼로
나를 버리고 있는가

농사짓기

이 세상
가장
하늘 뜻대로
사는 것은
농사짓는 일이다

일어나자
맨 먼저
하늘을 보고
하늘의 말씀을
듣는다

말씀
그대로
남 말 안 하고
내 하루를
보낸다

흙을 일러
씨앗 뿌리고

철이 되면
그저 고마운 마음으로
거둔다

나는 농부다

해 뜨자
먼저 하늘부터
바라본다

오늘의 하루도
하늘이 시키는 대로
시작이다

비 오면
비 오는 대로
바람 불면
바람 부는 대로

누구 뭐래도
손발 큰
하늘의 심부름꾼

법 없이도 사는
하늘 아래
나는 농부다

황금黃金 연못

외진 산
낙엽 날리는
길 걸어
나무 작은 배 타고
건너
숲속의 집에
나 살고 싶네

등불 켜고
이른 새벽
인도 옛 성자의
말씀대로
새 울음
벗 삼아
남새밭 가꾸며
살고 싶네

노을이 황금으로
물든
연못 가운데

램프를 닦아

작은집

추녀 아래

달아 놓고 싶네

남은 날

연못 위를 지나는

잔잔한 바람처럼

서쪽

머언 하늘

바라보고 싶네

외로운

별이 멀리서

찾아오면

함께

아무 말 없이

찻잔 앞에 놓고

바라보고 싶네

농업

하늘과의
동업이다

바람 불고
비 내리는

하늘의
헌법

제1조를
따른다

모든 꿈은
땀과 하늘 뜻에 따라

꽃도 피고
열매도 맺는다

지상의
법도 지위도 따르지 않는

장화 신고
밭에 나가는

나의 당당한
대물림 가난

나의 농사

눈 뜨면
먼저 하늘이다

콩이랑 들깨랑
한식구가 되었다

콩은 밥에
얹고

들깨는 기름 짜
깨소금에 붓는다

먹고 살기
힘든 세상에

굶지는 말라고
하늘의 빽이다

해 저물면
숲을 찾아가는 새떼

옴팡집도 집이라고

발 씻고 잔다

오늘의 농사

따라오는
죄를
어서 피하자

총 들고
돈 흔들고
숨 가쁘게
길을 막는다

이 세상
어디에도
진실은
사라지고

돈이 법이고
법이 왕인
자본의
나라

말도

못 알아듣고
길도
막아 버려

괭이 메고
삽 들고
묵정밭으로
가자

가서
흙을 파
씨앗
뿌리자

언제는
안 그랬으리
어디서는
안 그랬으리

오두막

등잔불 아래
작은 평화
있으리

0·1

무얼까

굴리면
굴러간다

죄 많은 나
수갑도 같고

돈 좋아하는 너
돈도 같겠지

다리 아래
강물은 돌고

빙글
빙글

결가부좌한
스님의

무릎에 얹힌
손가락

들어가고
나오고

바람일까
해탈일까

도대체 무얼까

상추를 심다

겨우내
어디 갔는지
새를 보지 못했다

땅을 일러
도랑을 내어
두둑을 만들었다

갈지자로
상추랑 완두콩을
심었다

햇살은
가난한 등을
따라다녔다

오래간만에
노란 들고양이가
검사하듯 거닐었다

몸을 씻고
하얀 쌀밥 한 그릇
혼자서 먹었다

모처럼 꿈자리가
아름답고
평화로웠다

옥수수밭, 물을 주며

베링 해협
풀밭 찾아
달려간
사슴 따라
건너가
밭 일군
아메리칸
인디오
밤낮으로
파도치는
북아메리카
해안을
거쳐
안데스 산맥
저, 쿠스코
가진 것은 다만
옥수수
노오란 씨알갱이
흙이 있으면
거기

비집고
드무딱 드무딱
심었다
옥수수는
한울님
조상이 준
피와 살
여기는
한반도
마른
언덕
옥수수에
물 길어
주노라니
내 묵은
몸 안에
스물스물
인디오의 피가 돈다
잡풀처럼
밟으면 밟을수록

일어나는

그 더운 숨

숨이

차오른다

잠시 숨 돌려

내 말라붙은

안에도

물을 준다

시 앞에서

시 쓸 나이
벌써 지났나?

천수백 년 전
이웃 당나라 시인들

그들이 남긴
시를 읽으면서

가을 빗소리 들으며
한 줄 한 줄 새기면서

이제야 시 쓸
나이가 되었음을 알겠네

그

안에
큰 산 하나
산다

가만히 귀 기울이면
산골짜기
깊은 물소리와

늙은 소나무 가지 사이로
지나가는
바람의 뼈

눈 덮인 히말라야
외로운 매
떠돈다

제3부

구름 위의 작은 집

구름 위의 작은 집

구름
둥둥 떠가는
하늘 저편에
별같이 등불을 켠
빨강 열매의
나무 아래
그 아래
깊이를 마다 않는
우물이 있어
때에 전
법도
빨면서 흘러
흘러가고
삼 칸 넉넉한
집이
숨어서 산다

어둠의 소리

빛은 고집이 세
곧바로 가서
눈으로 뒤를
볼 수가 없다

소리는 그게 아니다
두터운 어둠의 감방을
가볍게 뚫고
신호를 보낸다

보는 것과 보이는 것이
때로 벽이 되지만
소리는 어둠속에서도
바다가 되고 하늘이 된다

이 가난의 어둠에
닫힌 문안으로
무거운 종소리가 가볍게
새 울음처럼 울린다

내일

캄캄하면
길도 사라진다

쌓고 쌓은
돌탑

돌탑에서
별 하나 쫓겨 와

별 받듯
쪼그리고 앉았다

수염 긴 성자는
내일은 반드시 온다고 했다

아무리 기다려도
내일은 오지 않았다

난蘭이 준 한밤의 숙제

그네는
한밤중
나에게
종이를 준다
텅 비어 있는
백지다
별이든 꽃이든
뭐든 아름다운 사랑에 관해
쓰라고
한다
나의 시작은
검은 개펄이며
지하의 빛이다
가도 가도
끝이 없는
밤이다
별이 어디 있고
꽃이 어디 있는가
문밖
날 새어

눈이 내리나

두세두세

사람이 몇 지나는 소리

난蘭을 바라보며

더러
제때
끼니를 굶는
집, 한 구석
시집 온
난초 한 촉

난타나 빈 가지
나무 아래
숨듯
기대어 산다

어쩌다 끼니를 걸러도
표정 하나
흐트리지 않고
산다

나는 집도 없는 가장
직업도 없이
말도 없이

삼동三冬을 나며

쪽 곧은
난의
맑은
푸름을 본다

이팝나무 꽃필 때

여물려면
먼
보리이삭 뽑아
죽 쑤어 먹던 날

온 식구
둘러앉아
허기를
달랬거니

똥구멍
째지듯
가난하다는
말

풀뿌리, 푸성귀
소나무 송기
그걸 밥으로
먹은 사람만 알지

하늘도
가엾은가
밭둑에 이팝나무
하얀 이팝꽃

고봉으로
수북수북
눈요기
시켰거니

장마끝

장마 지나면
가을이
신부처럼
찾아온다

여태껏
보이지 않던 것들이
하나 둘
나타난다

땅속
깊이
숨었던 죄들도
보인다

누진
책의 활자
숨쉬며
일어선다

종점終點에서

얼어붙은
어둠 속에서
누웠던 산이
벌떡 일어난다

그렇게 믿고 싶다

연두잎 하늘거리는
신새벽
하늘을
종달이는 날은다

그렇게 믿고 싶다

깊고 푸른
시를
스스로 함께 묻은 땅

나무처럼
산처럼

부활하리라

그렇게 믿고 싶다

바람 거센
자본의 들녘에서
사람이라고 외치는 사람

기다리고 싶다

햇살이 들판에 쫘악 깔릴 때

알몸의
겨울 계곡에
스물스물
물이 오른다

연초록 잎
입을 열어
말 배우는 어린이처럼
삣죽 고개를 내민다

이제
달리자
저 벌판을
말갈기 휘날리며

숨은 물도
나와 손뼉 치고
잠든 활자도
깨어난다

햇살이

가슴 펴는

들판에

쫘악 깔릴 때

돌 · 4

늘
그렇게
앉아 있다

앉아 있는
곳이
제 자리다

참
오래
눈을 감고 있다

구름이
가다가 기웃거려도
모른다

밤새
떠돌던 빗방울이
떨어진다

이끼 푸른
어깨를 타고
주르르 흐른다

저 침묵의
깊이에서
음악이 산다

하루의 일

흙의 마음을
알기에는
아직 손이
희다

흙은 책인데
불경이고
성경인데
멀었다

한철
한 페이지를
넘기는
살과 뼈

나무 그늘에
발 벗고
퍼질러 앉아
밭고랑을 센다

해 떨어지기

전, 땅거미가 지기

전, 오늘 일은

끝이다

백지白紙 앞에서

백로白鷺 떠나
하얗게
날이 샌
새벽
가을 안개

사막을 걸어가는
외로운
발자국
그림자의 흔들림이어

발해渤海 땅에서
모셔온 돌과
하늘못
깊은 살의 만남이
살아난다

흐르는 것은 둥글다

고요함의 높이를
이제 좀 알 것 같다
높이에서 떨어지면
깊이가 된다
그래서 살아있는 것은
한시도 가만있지 않는다
언제나 움직임의 안에는
까만 씨가 중심에 도사리고 있다
씨의 일생은
둥글다 바퀴처럼
흐르고 또 흘러
마침내 둥글다
둥근 산봉우리에
집 짓고 사는
구름의 깊이가
풀어놓은 양떼 머리에
머문다
그게 이제 쬐금 보인다

슬픈 소묘素描

긴 손가락
사이로
흘러내리는
시간의
모래
알
그 안으로
날리는 반백半白의
머리
칼
아, 어제와 오늘
그리고 내일

참새와 달

동지섣달
빈 나뭇가지
휘도록 열매가 달렸다

시냇물 소리에는
가만히 있다가
흠흠 잔기침 소리에

후루룩
날아간다
까만 참새떼

빈 나무, 가지 사이로
마악 목욕 끝낸
달이 돋는다

어느 봄날

철철
마른 땅에

강물처럼
복음처럼

햇살이
가득 넘친다

한겨울
숨었던 씨알들이

민주, 민주
외치며

혈관마다
푸른 잎을 연다

입성은
사나워도

닫힌 문
활짝 열고

당당히 삽 들고
힘차게 일어선다

발로 보는

걸어야
보인다
안 보이던 것이
보인다

맨발로
땅을 밟고
걸음마를 배우듯
걸어가는 곳

그곳에
나무가 자라고
바다가
살아 숨쉰다

서로
얼려 사는
밥과 집의
새벽이 있다

청려장 짚고

명아주
지팡이

청려장
짚고

허위허위
높은 산을 오른다

풀이
나무가 된

단단한
부드러움 같이

흰 구름
사는

산위에
올라

두고 온 마을
빙 둘러본다

어느 시의 거처

어느 이름 없는
가난한 시인의
시를 새긴 돌
머리에
배롱나무 배롱꽃이
피었다 지붕처럼
단군의 피로 핀
꽃송이 아래
살로 파고드는
슬픔의 발자국
그 슬픔이 슬픈 지
맞은편 오른쪽에
누군가 동백 한 그루
심었다
눈발 휘날리는 날
숯불처럼 달아오르는
꽃의 열기
그늘에서 한생
산 시인의
왼쪽과 바른쪽

볼 붉은 두 동자처럼

서서 지킨다

좋겠다 저 단풍처럼 노스님처럼

마지막
갈 때
저렇듯 아름다웠으면
좋겠다

노을처럼
술에 취한 듯
고맙다 고맙다, 그러고
눈 감았으면
좋겠다

먼지 털고 빚 다 갚고
깨끗한 길
훌훌 떠나
가뭇없이 새처럼
날아갔으면
좋겠다

앓지 않고
며칠 누웠다가

나 갈게, 그러고
숲으로 간
노스님처럼
그렇게 갔으면
좋겠다

단풍

내내
입 다문
색동옷 입고
이 가을
호강을 한다

살다보면
속탈 때가 없으랴만
참고 누르다가
확 터져
밖으로 나온다

고독도
한번은
저렇게
잔치상 앞에
술잔 들 때가 있다

제4부

난

난蘭

천 개의
고개
고개를
넘어

청산이
산다
흰 구름
머리에 이고

샘물 같은
정갈한
절 한 채
난蘭이어

흰 구름
천천히
지나며
말한다

산이 있어
난이 있고
난이 있어
산이 있네

산
단추를 풀면
난
그윽한 이슬마다
빛난다

천 개의
고개
고개를
넘어

멀리
두고 온
마을
노을이 붉다

말의 감옥

늦가을
가는 길의
하얀 햇살처럼
그렇게 뼈만 남은
말로
말할 수는 없을까

가도 가도
말이 아닌 말이
술술
나오다
나오다가
막혀버린다

배울수록
엇길로 가는
길을 떠나
이슬 젖은
오솔길
낮달로 떠돌 수는 없을까

달마達磨 찾아

눈 쌓이는 밤

눈에 덮여

팔뚝을 자른

혜가慧可의

팔이 설핏 보인다

검은 날의 낙서

검은 밤
깊이에서
검은 글자를 쓰는
뿌리에
한 줄기
햇살이
따라다녔다

유화柳花 부인의
엉덩이를 따라다니던
그런 것 같기도 했다

글자마다
복사꽃잎이 피어나고
샘물 같은
무슨
음악이 향기처럼
퍼진 뒤
천천히
수백 년이 흘렀다

도잠陶潛이
어딘가 숨어
홀로 술잔을 기울이는 것 같았다

광덕사廣德寺

신라 적
절간 뒷방에서
신 삼아 팔던
광덕이는 아닐 거고

스님은 출타 중
부처님만
빈 대웅전에 남아
심심해 하시고

머리통만한
목탁만
눈뜬 채 벽에 걸려
바람소리 내다

보리수
염주를 받고

보리수
나무 아래
떨어진 열매
마디마디 백팔 고통을
하나로 꿰매다

새벽
산새도 깨기 전
도량을 도는
탁탁탁
비구니 목탁 소리

돌과 돌
사이를
돌돌돌
흘러가는
물소리 바람소리

무릎 닳도록
천 배

또 천 배
삼천 배를
올린다

밤배 · 2

통통
봄바다
바다 헤치며
숨은 듯
작은 섬으로
가는
밤배야

산수유 열매 닮은
등불 하나
이마에 달고
섬과 섬 사이로
담배 물고
담배 피우듯

어디에
하루의 안식이
있는가
엽서처럼 낙엽처럼
떠가는

밤배야

파도 너머
거기
능금이 익는
경전 없이도
그리움만으로
저절로 익는

장존을 지나며

뒷산
나이 든 소나무
그늘 안에
설멍하게
서 있는 무명의
돌부처

그래서 장존이라
옛사람은 말했던가

청솔이라는
집, 빈 방
문 열면
서쪽 넓은 들에
가득한
저녁 노을

개구리 우는 철에
왔다가
빈 논에 서리 내릴 때

돌아가는 새

하얀 새

보이지 않는다

냇물 흔들리는 갈대

달리는 버스의 창밖으로

무심코 지나간다

그리운 바이칼호

뿌리야뜨 가난한
사람들이
사는
바이칼에 가서
살고 싶을 때가 있다

몽골 말이
초원을 달리다가
떼 지어 멈추어
벌컥벌컥 마시는
파아란 물

그 물을
말 따라
눈발 날리는
천산산맥을 바라보며
마시고 싶을 때가 있다

꾀죄죄한
쫌팽이가 된

자본의 나라에서

훨훨

떠나고 싶을 때가 있다

가만히 돌에 귀를 대면

가만히
돌에 귀를 대면
작은 숨소리
들린다

아득히 먼 곳
푸른 풀밭을 지나가는
바람소리
들린다

숨어사는
산속의
새둥지 절에서
울리는 종소리
들린다

가만히
돌에 귀를 대면
어린 새 새끼의
피 도는 소리

들린다

가느다란
가느다란
밤새 눈 맞는
혜가慧可의 숨소리
들린다

일요일의 열쇠

굳게 닫힌
그믐의 성엔
일요일마다
밤새 눈이 내렸다

새 한 마리
눈 쌓인 창가
나뭇가지에
앉아 있었다

길은
사방 막히고
고요한 무게가
켜켜로 쌓였다

누더기를
걸친
늙은 성인
금빛 열쇠를 찾았다

눈송이
꽃잎처럼
깊은 어둠을
덮었다

봄비 · 5

허전한
삶의 역두驛頭에
모처럼
내리는 비

누추한
내 길
다 용서한다고
여윈 어깨를 적신다

땅은
아직 얼어
풀리지 않았다

비록 자갈로 가득한
뜨락이지만
밤새 내려주소서

비 오는 어느 날

커피 한잔 앞에 놓고

적어도
돈 벌려고
살지는 않았다

지상의
명예를 잡으려고
안달하지도 않았다

달동네
오두막에서
한평생 살면서

누구에게
손 벌리거나
아쉬운 말을 하지 않았다

있으면
먹고
없으면 그저 굶었다

누구에게
헛소리나 거짓말을
않으려고 애썼다

부처와 노자
더러는 공자와
마르크스

그들의 삶을
쉼 없이
기웃거렸다

책이란 책은
다 절하고
읽었다

무슨 일에
앞장서지도 않고
눈치 보고 뒤에 서지도 않았다

늘 굶던
시절과
가난한 사람을 사랑했다

죄라면
가난을
대물림하는 것뿐

나도 어느 날 마침내
바람이 되리라
물이 되리라

자연인

혼자
사냐고?

혼자는
무슨

저기
기어가는 벌러지

개구락지
새

돌
나무

다 한 식군데
혼자라구?

저기 산이 있잖아
구름이 있잖아

겨울나무

나이 든 나무
밑둥의
감은 엘피판에서는
무슨 음악이
흐르고 있을까

다 떨구고
빈 팔
벌린 빈 하늘
희뜩희뜩
눈발이 비친다

갑자기 고요한
넓은 공간에
차이콥스키
새 한 마리 되어
날아간다

저녁

해질녘
산
그리메

잘새는
짝지어
날아가고

오막살이
연기 길게
피어오른다

하루의
고된 노동을
닫고

지금은 처마에
초롱불
매다는 시간

밥상에

모여

함께 밥 먹는 시간

절밥

절 마당
하염없이
떨어져 뒹구는
붉은 감나무 잎들
대비로 쓸면서
허리 펴
하늘을 본다
파아랗게
여울져 오는
구름
종소리
목탁 백팔의
소리
한평생
벙어리 되어
짐이나 지며
부처님
심부름이나
할까나

빗물

떨어진
빗물이
서로
다른 핏줄로
고개 따라
가다가
어느새
서로 모르게
한 몸이 되듯
그렇게 떨어진 것
강이 되어
바다가 되어
합쳐졌으면
피도 통하고
말도 통하고
그렇게
막힌 것
뚫려
처음처럼
하나가 되었으면

마당지기 되어

절 마당
쓸며
남은 날
낙엽처럼
보낼거나
밀양
만어사萬魚寺
찾아가
허드레 문간방에
부쳐 살면서
아침저녁
마당이나
쓸면서
하늘 길
닦을거나
바위
울음
재우며
빈 마당
떨어진 별을

새벽마다
쓸거나

바가지 우물

성 머리
뒤란
바가지
우물

오늘은
모처럼
초록뱀이
목욕 중

파아란
이끼
위로
찰찰 넘치는

제5부

강물은 뒤돌아보지 않는다

강물은 뒤돌아보지 않는다

우물

흙집

한 해를 보내며

눈 오는 날

비가悲歌

나 걸어서 가리

두고 온 저 아래

어느 겨울밤의 열쇠

그대 잠시 머물다 가고

초록 꼬마버스

목백일홍

봄 · 1

작은 아가雅歌 · 2

신록 앞에서

어느 보살

항해, 나의 지중해地中海

강물은 뒤돌아보지 않는다

1

지난 일
돌아본들
뭐 하랴

심장이
쉬지 않고
뛰듯이

억지 부리지
않고
흘러서 간다

가다 보면
절로 이름 버리고
섞이는 살들

위 아래
따질 것
뭐 있으랴

잔근심
먼지 털 듯
버리고

앞으로
앞으로만
흘러서 간다

2
고독이란
타고난
원죄

언젠들
혼자
아니랴

벌레처럼
기며

살다가

가슴
메이는 일
산일 때도 있으나

해 지는
들녘에
홀로 서서

강의
기인 그림자를
바라보나니

우물

깊은 곳
어디서
솟는 걸까

고여
하늘 가득한
샘물

드레
우물
버들잎이 떴다

잃어버린
옛
얼굴도 있다

흙집

황토 언덕의 언덕을 파서
깊은 우물 길어 지은 집
여름 내내
지은 집

법 없어도
사는 사람이
발 뻗고
산다

날날이도 날아 와
송송 구멍을 내어
어느새
한 식구가 되었다

집주인이 누구인지
알 수 없지만
주인을 닮아
쏘는 침이 없다

한밤중에는

별들도

머리 감고

마실을 온다

한 해를 보내며

밭, 마른 풀로 가득
묵정밭이다
내가 걸어온 삶의
밭이다

다른 이의 아픔을
나는 얼마나 속으로 아파했는가
손톱에 찔린
작은 가시에 매달리지 안 했는가

해도 당당히 바라보고
달도 가슴속 깊이 품고
하루하루 또 하루
돌탑 쌓듯 살자구

높은 산 오르고
강변을 거닐 듯
넉넉한 가슴
화덕처럼 갖자구

얼마나 나는
나의 종아리를 매섭게 치며
달동네 가파른 언덕을
날마다 오르락내리락 했던가

어딘지 모를
종점에 다가오는데
바람 부는 고개 언덕
이렇게 또 서 있다

눈 오는 날

옛 한지韓紙에
쓰인 바람의 상형문자

안경 너머로
짚는다

남은 날이
얼마인가 헤아려 본다

쓸면 나타났다
이내 사라지는 길

그 길을
제대로 된 신발도 없이

맨발로
걸어서 왔다

비가悲歌

촛불 밝혀 놓고
혼자서
솔베이지의 노래를
듣고 싶은 밤이다

한때는
비 쏟아지는
컴컴한 여름날 저녁
나무와 함께 들었다

나무는
말없이
언덕을 내려가고
이제 밤하늘만 남았다

끝없는
모랫벌
노을 속에 녹고
바람의 뒷모습만 보인다

그렇게
가을이 가고
겨울만 남아
빈들에 서서

나 걸어서 가리

'위스키 쉐어'에 붙여

나 걸어서
천 리를 가리
거기서 더
천 리를 가리

강물 따라
천 리를
걸어 걸어서
가리

낮에는 태양이
타는 모래밭
밤에는 별들이
빛나는 오솔길

걸어서 걸어서
천 리를
나 홀로
가리

길 끝에는

먼

불빛 흔들리는

집 한 채

그 앞에

당당히

닿아

나

마침내

새벽이슬이 되리

가슴 깊은

사내가 되리

두고 온 저 아래

저 아래
섬의 시간이
밀물 썰물로
흐르다가
하나 둘
등불을 켠다

벌이 쫓아오다
떨어진
곳
빨간
꽃 한 송이
입술을 열었다

어느 겨울밤의 열쇠

문을 굳게 닫는 것은
폭설 때문이 아니다

방안에 가득
번지는 따뜻한 불빛

간직하고 싶은
비밀이 있어서다

이 세상
속 열고 말할 한 사람 있는가

세계를 열 수 있는
혁명의 우람한 깃발이 있는가

열사熱沙의 사막으로 가자
눈발 날리는 시베리아 벌판으로 가자

오늘 홀로 독한 술 한 잔
앞에 놓고

나는 잃어버린

열쇠를 찾는다

그대 잠시 머물다 가고

그대 가고
하루 종일
눈이 내린다

바람이 멎고
발자국마다
소복이
쌓이는 눈발

어느
꽃피는 봄날
다시 만나
잔을 기울일까

초록 꼬마버스

몸집 작은
초록빛
마을버스

한 사람
기다리면
한 사람만 태우고

두 사람
기다리면
두 사람을 태운다

골짜기 골짜기
산골짝마다
안부 묻듯 들린다

종점에는
눈 부릅뜬 장승도
겁을 주고

더러는
성냥갑만한 교회도
들꽃처럼 피어 있다

꼬마버스는
유치원 가는 아이처럼
매양 즐겁다

목백일홍

삼월이 가고
사월이 와도
아, 오월이 와도
꼼짝하지 않는다

꽃잎들은
저마다의 음계로
울다가 웃다가
가버린 꽃그늘에
붉은 유월아

살갗을 찢어
잎을 튀우는가
일렁이는 초조初潮의
네 출혈을 보고 싶다

봄·1

똑똑똑

뉘시오?

똑 · 똑 · 똑

도대체 뉘시오 당신은?

또, 똑또옥똑

....................?

(색색 고른 숨소리)

작은 아가雅歌 · 2

우람한 나무로
당신은 서 있군요

넉넉한
당신의 그늘

당신의 든든한 가지에
매달린 하나의 이파리고 싶어요, 난

느티나무로
서 계신 당신의 땅

비에 젖은 땅을 뚫고
입을 내미는 노오란 싹이고 싶어요, 난

눈보라 웅웅
휘몰아치는 사나운 밤,

당신은 갈 곳 없는 나의 집이어요
다수운 불빛이어요

신록 앞에서

한 잎

산벚꽃 진 자리
그늘이 짙다
새들 다 나들이 갔는가
물만 절로 흐른다
고사리 어린 손가락
도르르 말린다

두 잎

한 뼘 남짓 찔레순
엉키어 자라나고
덤불 그늘엔
초록뱀 눈 뜨나니
길은 물어 무엇하료
뫼 너머 가는 구름
고개 들어 보노니

어느 보살

살다보면
가슴이 콱
막힐 때가 있지요
산골짝 따라
들어갔더니
작은 절이
엎드려 있데요
부처님은 안 보이고
오래 묵은 장독들이
서로 기대어
부처님 광배처럼
빛나고 있었어요
가다가 문득 멈춰
합장하고 있노라니
발치에서
손 모으고 있는 보살이
보였지요
둥근 봉오리로
종을 울리며
하얀 목화 한 그루
서 있었어요

항해, 나의 지중해地中海

낙타를 타고 별이 총총 쏟아지는 밤
사막을 터벅터벅 걸어서 간다
멀리 호롱불 아물거리는 땅 끝
너의 오두막으로 찾아간다
알알이 눈동자 포도가 익어
단물 고요히 고이고
그 물로 지친 몸 적신다
대리석을 닮은 하얀 이마와
석류알 가볍게 문 입술과
푸른 숲 출렁이는 해안의 가슴
나는 지상의 잣대 다 버리고
너만 찾아가는
영원한 청년이다
저, 땅 가운데 출렁이는
나의 바다
분홍으로 일렁이는
너, 에메랄드
나의 지地 · 중中 · 해海!

제10시집

둥근 시간의 여울 속에서

| 차 례 |

제1부 공에게

제2부 물의 노래

제3부 파초 한 그루

제4부 소농사

제5부 눈총

제1부

공에게

동자승

애기 스님
긴 장삼 땅에 슬리며
장난치시네
이리 뛰고 저리 뛸 때마다
땅은 이리 기우뚱 저리 기우뚱
산새도 날아와
남무남무 까까머리
놀리며 노네
지나가던 바람도
잠시 멈춰 서서 킬킬킬
늙은 나무도 뒷짐 지고 후후후
애기 스님
해지는 것도 잊으시고
절 마당 가득
흙놀이가 한창이네

그림

하늘을 걸어 다니는 새
봉숭아 꽃잎처럼 빨간 발가락
아직 날지 못 한다
초록 둥근 모자를 쓴
나무 한 그루
두어 살 터울 구름 형제
나란히 붙어 있다
수박을 갈라놓은 것 같은
저 둥근 것은 무엇인가
커다란 바퀴로 빙글빙글 돌고 있다
아하, 이 세상 제일로 큰
머리 위의 해
연두빛 풀밭을 밟고 지나가는
말랑말랑한 맨발의 바람
사람은 어디에도 보이지 않는다

황사黃砂

1

일렁이는 말발굽에 이는

무정부주의자의

뿌연 정자들

단숨에 황해를 밟고

날라온 무지막지한

저 숨가쁜 비애悲哀!

2

쌓이고 쌓여

두터운 수천 년 언덕이 되고

황토에 묻힌 뼈

징소리 징징

죄다 삭아지면

또 와 덮히는

덮혀 피가 되는 살이 되는

불붙는 아우성

엽서를 부치다가

모르는 이의
시집을 받고
밤새워 읽고
맘 담아 시 쓰듯 쓰고
그걸 가볍게 들고
학교 우체국에 들어서니
갓 제대한 듯한
총각 직원이 왈
엽서는
일선 이등병만 쓰는 건데요, 그런다
스물 두엇 적
대광리 산골짜기
병기고 밤보초를 서며
얼음 깨고 얼음물에
고린내 나는 선임하사의 양말을 빨며
배고프던 새까만 이등병
나, 알고 보니 아직 그 시절의 이등병인 걸
깜박 잊어먹었지요
깨우쳐 준 앳된 직원에게
나도 모르게 '고맙습네다'

문을 어깨로 밀며 새 세상으로
걸어 나왔지요

새벽

어머님 몸 씻고
길어 오신 샘물에
별이 떠 있다
별거 아닌 세상사
다가오지 못 한다
어떠한 영원도
막지 못 한다
비롯함과 돌아옴이
하나에 이른다
모든 아픔을 감는
이 충만의
맑은 침묵을
경배하라
세상에서 가장 낮은
눈발 날리는
절정의 고요를
빈 살에
모시라

0·2

들어갈까 말까
굴릴까

오라고 부를까
영이라고 부를까

아니 빵이라고
공이라고

먹을까
낳을까

던져도 되고
차도 되고

시작도 끝도
없구나

공에게

다리 개고
개다리로 앉아서
수염을 쓰다듬으며
(잘 보니 수염이 없군)
가로되,
세상 모든 것은 공이니라
꾸벅꾸벅 졸다가
앳된 상좌
대왈,
왜 읎슈
저 마당에 있잔유
음, (지긋이 눈을 감으시고) 그럼
네 부랄을 쥐어보거라
우매, 뭘 벌떡 벌떡
일으켜 세우려구 그런대유
(눈을 뜨고 번개처럼)
옛기 이놈
무간지옥에 떨어진 놈
절 아래
풀 푸른 마당에서는

와와 스님들
공 차는 소리

봄 · 2

세상의

모든 상처를

에미 짐승처럼 핥는

이 미친 피

너,

너를 누가

죄라 하는가

이슬

벌레 잠들지 못 하고
울어 쌓는
가을밤이 담겨 있지요

쉬잇쉬잇
쇠기러기떼
달그림자도 거기 있어요

그래서 이슬은
하늘 텬 따 지
둥근 하늘인가요

그 한 사람 잊지 못 하고
뒤채이는 진한 눈물이
스며 있지요

오고 가고 걸어서 먼 육십 리
공동묘지 오솔길도
거기 숨어 있어요

그래서 이슬은

탱글탱글 별을 품다가

해 뜨자 훌훌 날아가나요

별別 · 3

박주남朴柱南에게

간다는 말 한마디 없이
그렇게 서둘러 가는구나
탈 없이 오래 살자는 말
간 곳이 없구나
이 세상에서
따뜻한 술 한 잔 더불어 마실 친구
언제 어디서 만나도 편안턴 친구
그렇게 가는구나
한 줌 재로
바람에 뿌려져
그렇게 허허 웃으며 가는구나
해남海南에서 와 논산論山에서
콩밭 매던 젊은 날
서울상회에서
뒤뜰 보리방아 찧던
노행자처럼
일하던 날
우리의 절망을
감싸던 친구
허름한 목로에 앉아

흐린 술 한 사발 놓고

입담 좋아 매서운 추위도 녹이던 친구

누구라 없이 받아들이던

너그러운 품

그리운 것

이루지 못한 것

다 두고 그렇게 가는구나

정식이도 가고 자네 순이도 가고

텅 빈 한밭에 운장도 가고 야석도 가고

이제 텅 빈 한밭에 바람만 지나가는구나

그 세상엔 나무아미타불

부처님 나라가 있겠지

우리를 기다려다오

푸근한 벗 그대

주남柱南이

떠오르는 돌
부석에 와서

옛적 벚꽃
구름처럼
화안하던 텃굴
부석면사무소
등 뒤로
하늘 끝
닿을 듯
서 있던 나무

휘휘
바람이 불면
허리를 흔들던 나무
미루나무
나란히 두 그루
우듬지에
새 둥지
있었지

알 깨고
나와 날으던 새

이제 우리나라
단군의 상달
푸른 하늘 한복판
훨훨 날아
황해, 태평양
대양을 날아
부석의 씨앗을
골골마다 뿌리지

관음 모신
도비산 꼭대기
부석사에 오르면
지붕마루 한가운데
얹혀있던
고려 적 청기와
한 장
우리는
어디 있으나
천년 그 꿈의 청기와가
되고

싶었어

정 넘치고 기름진
검은 여의
부석이여
간월도의
파도에 뜬
고요한 달이여
산과 바다
늙지 않듯이
우리 낳아 기르신
선조의 땅

거기
집 짓고
대대로
넉넉한
어머니 옛마을에서
살고 싶어라
물위에 뜨는

연꽃처럼
떠오르는 돌이 되어
성님아우 하며 서로 얼려
오래오래 살고 싶어라

동짓달

검은 구름
하루 내내 해를 삼키고
빈 들판을
발 벗고 달리는 바람

거리에는 획획
남의 나라 석간 같은
소문이 두세두세
빠져나간다

빼곰이 눈을 연
흙구멍마다
세금 고지서로 닥치는
하루 분의 고누는 목숨아

사고팔고 팔고사는
어두운 골목을
쓸어가는 저벅저벅 저 발소리는
누구의 것인가

빠리채

장독에 붙은 놈은
장 뽈 사르트르인가
성의 계단에 K자로 앉은 놈은
분명 카프카다
새벽마다 늦잠에 빠진 눈에 붙어
졸음을 빠는 놈은
허균이다
이마에 붙다 가랭이에 붙다
비무장지대로 가서
밤마다 몸 바쳐 새끼를 치는
놈아, 입만 가지고 사는 놈아
차렷, 열중 쉬엇, 차렷
깃발을 흔들며 날라간다
자, 이만 손들엇!

느릅나무 그늘 아래서

가을 느릅나무
노오란 그늘에 앉아
여윈 어깨 들먹이며
저 홀로 흘러가는 강을 바라다본다

느릅나무 나이는 즈믄의 반
이씨왕조 초쯤일까
작은 씨알 강 언덕에 흘러와
터를 잡은 뒤 오백 번의 봄, 여름, 가을, 겨울 …… 무수한 바람

어느 나그네 비를 거하며 쉬어 갔을까
머언 먼 전라도 황톳길
귀양 가는 선비 뜨거운 목을 축였을까

최보따리 야밤중 나루를 건너
이 나무 그늘에 숨어 나뭇가지 사이로
횃불처럼 빛나는 별들을 보았을까

한양 가는 말 탄 선비
막걸리로 땅을 달래고

이랴 쩌쩌 모란, 광정 벼슬길 찾아
가슴 조이며 떠나갔을까

느릅나무 가는 가지
가만히 있다가도 작은 바람이 불면 그가 겪은 세월처럼
무수히 작은 잎을 달고
부르르 부르르 온몸을 떨 때가 있다

강은 강대로 말없이 천년
흘러서 가고
사람의 목숨도 그걸 따라 흘러가서는
영 돌아오지 않는다

참고 견뎌온 목숨은
아직 한밤중인데
느릅나무 오백 살 말없는 그늘에 앉아 즈믄 가람 바라다보면
돌아가야 할 길이 실낱처럼 끊어졌다 이어진다

제2부

물의 노래

겨울 개나리

희뜩희뜩
새치처럼 날리는 눈발
쉰의 언덕 아래
그대의 살처럼
노오란 꽃송이가
딩동딩동
현을 뜯고 있네
예전 같으면 난리난다고
두세두세 염병처럼
마을 건너 마을로 퍼져가겠지만
겨울의 어슬한 현관에
피어 있는 꽃
모두 보고도
본 체를 않네
내 죽어 바람이 되어
그대 살 속에 파고든다면
뉘라 돌을 던질 것인가
노오란 웃음아
대머리 노오란 봄아

물의 노래

1

동글동글
물방울

흘러가는
아침이슬의
나라

막히면
히히 웃으며
돌아서 가고

가다가
물을 만나면
물이 된다

둥글게
둥글게
활짝 가슴 벌리고

모아 둔들
어디에
쓰랴

고루고루
가난한
흙을 적신다

어디라
따지지 않고
고루 스민다

2
걸림이 없이
높아도 낮아도
상관없이
가장 낮게
굽이굽이
흘러서 간다

시작도 없이

끝도 없이

밤낮

돌아 돌아서

간다

불도 모이면

물이 되고

호롱불 아래

풀벌레 울음이 된다

세상의

어머니

물아

만물의

다수운

물아

젖 물고

잠든

아가

얼르는

3

어디를

보나

금이

없다

먼

종소리도

녹아 있다

모이면

차고

잠잠하다

둥근

그 안으로

들어가

둥근

꿈이 된다

둥근

알이

된다

오월 무릎

누군가 허물어진
무덤가
할미꽃이 피었다

만리장성
하나둘 돌이
흘러내리는

길고 긴 봄날
후끈후끈
무릎이 시렸다

짧은 시 몇 편

꼿꼿

꼿꼿이
서서
말하라
당당히 말하라
아니라고
결코 아니라고

막걸리

하얀
사기대접에
그득 담긴
초가집 뒤란
시누대
바람소리

잠

세상이
물속 깊이
잠긴
먼 산길로
혼자
헤맨다

다시
서야 할 땅이
뒤뚱거린다

벗은 옷
찾아 입고
가던 길 간다

보드카

시베리아
눈발
날리는
벌판
밤열차가
달린다

첫입술

꿈엔 듯
뾰오얀
우윳빛

먼 곳에서 오는
강물의
출렁임

확 붙는

순간의

불꽃

동백꽃잎

희뜩희뜩
산 넘어
저승에서
찾아오는
하얀 엽서

숯불처럼
피어오르는
꽃송이가
피어납니다

자꾸만
보채는
이승의 졸음을
어떻게
따돌릴 수
있을까요

머리칼도
속옷도

날 새는
새벽처럼
하얗게
돌이 되어 갑니다

돌아가워

머언 나라
바다 건너 온
선교사
빨간 벽돌집

노랑머리
아가
동무도 없이
혼자 놀더니

뒷산
볕 바른 언덕에
혼자서
묻혀 있다

이끼 푸른
작은 돌

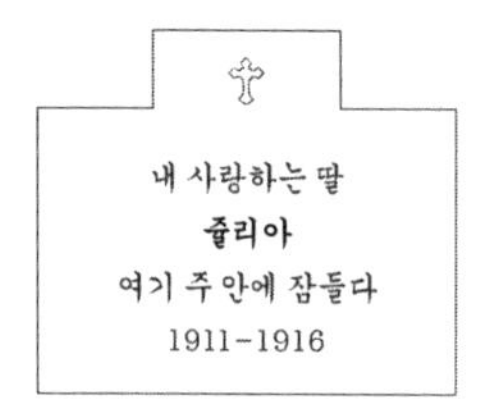

아가위

한 그루

바람에 흔들리며

서 있다

여치

봉숭아
이슬방울
잎
표 안 나게
갉아 먹고
산다

풀색 옷이라
풀 한가지다

서리 내릴 무렵
작은 것이
저보다 열 배나 큰 놈
등에 업혔다
바위 등에
개미가 붙듯

그렇게
먹지도 않고
며칠 지내더니

보이지 않았다

하얗게

무서리가

내렸다

오미자 열매를 따면서

서북 방향
시원한 곳이
명당인 걸
모르고

햇살바라기
남향으로
오미자 쉰 그루
정성껏 심었다

다사로운
봄날의 햇살이
아가 손바닥처럼
펴는 날이었다

하나 둘
소식 없이
야위고 비틀어져
겨우 열 그루쯤 남았다

강한 햇볕 속에서
살아남아
주렁주렁
열매를 늘어뜨렸다

빨갛게 익은
구슬 같은 알들
고맙고 고마워
바라보다가

유리병에
고이 담아
서너 달을
묵혔다

달고
쓰고
떫고
시고
매운

다섯

바람의 맛

뼛속 깊이

스며들었다

갈밭 둥구미

작은 길
아래

동네
샘

퍼도 퍼도
물이 솟았다

둘레는
미나리 손바닥논

새벽이면
댕기 긴 색시

물동이
머리에 이고

땅만 보고
걸었다

아낙들
웃음꽃 피던

둥구미
샘

큰길이 나면서
묻혀 버렸다

쉬파리

소식도 없이
멸종했는지
보기 어렵다

더러 등에
업혀
쌍으로

제 세상
만난 듯
분별없이

푸른
가을 창공의 깊이
날으기도 했는데

사람만
똥파리로
당당히 남아

거룩한

법전이나 경經 위에

붙어 있다

굿모닝

명절이라
잠깐 들린
손주들

아침에
일어나
아침 인사

굿모닝
굿모닝
할머니 듣고
무슨 말인지 몰라
물었다

양코배기
아침 인산데요
서울서 많이 써요

응, 그래
그래서

'굶었니', 구먼

우리보다
형편이 안 되어
못 사나보다

우리는 그래도
밥 먹었니
그렇게 인사하잖니

손자손주들
깔깔깔
듣고 보니 그러네요

제3부

파초 한 그루

파초 한 그루

사진으로만 뵌
할아버지

여럿이 찍은
긴 구렛나루 사진

누렇게
바랬다

그분이
앞장서서 세웠다는

고등
공민학교

운동장에
잡풀이 무성했다

버려진
뒤뜰의 푸른 잎

파초
한 그루

산 넘고
강 건너

모셔다
내 뜰에 심었다

보드카

러시아
아는 사람이
비행기 타고
갖다 준
술

푸른 병에
검은 뚜껑이
무겁다

50°
뜨거운
액체

몇 방울
목안에 털어
넣는다

어쩐지 싱겁다
확 타오르지

않는다

맑스의 나라에
자본이 들어간 건지
불이 붙지 않는다

시베리아 바람 따라
자본의 바퀴소리 굴러가는
저, 노을의 소음

재齋

유리창

유리창에
가면
유리문에
무슨 재齋가 붙은
집이 있다

먹도 팔고
종이도 팔았다
옛날 그림도
걸려 있었다
손님이 언제 가도
한 사람 보이지 않았다

문文밑에 이而가
붙은 글자
앞에서
나는 한동안
서 있었다

눈이

내리는 날도
있었고
바람이
부는 날도
있었다

논어도
생각하고
노신도
생각하다 보면
날이
저물어 있었다

밭일하다 시집을 받고

시우 강우식

암을 떼어내고
아내를 잃고
혼자 사는
팔순의 시인

해마다
동해안
푸른 깊이의
출렁이는 시집은 낸다

조금씩
흐트러지는
모습이지만
아름답다

와글와글
무슨 말인지도 모르게
시랍시고 쓰는 그런
시가 아니다

찾아가

따뜻한 밥 한 끼를

사고 싶은데

나도 나이 탓인지

해마다 미룬다

요즈음 한가위

다른 나라
먼 곳에서
세상 떠난
부모 사시는지

한가위
앞두고
공항이 막힌다
줄서 기다리고

부모
무덤
풀이
우거져 있는데

풀벌레만
떼 지어
울고
있는데

힘의 원천

힘은
돈에서 나온다

돈에서
법이 나온다

법에서
하늘나라 나온다

세상은 날마다
딴 세상

어지럽게
돌고

허허 벌판
바람만 분다

하느님의 지갑

$를
하느님이라
부르는 사람들이
많다

하느님은
그래서
은행에서
사신다고 한다

공짜

진짜
공짜는
공기뿐

하느님도
손을 내민다

거저라면

말 밖의 말

1

말이
줄으니

보이는 게
보인다

들리는 게
들린다

나무가
어디 말하던가

산이
어디 말걸던가

말 밖에
말이 있어

은은히

퍼지는 향기

온몸에
울어 나오는

그 무엇처럼
그 무엇처럼

2
새벽마다
일어나

오늘도 단순하라

나는 나에게
단단히 타이른다

하는 일 없이
하루를 보내며

나는 혼자서

복잡하다

십년공부도로아미타불

혹惑

산에 든 지

어언 10년

어느새

마흔 고개

삭을 만큼

피도 삭았다

구름과 말 트고

새와도 흉허물 없고

그런데, 어느 날 갑자기

곱상한 여인을 본 뒤

세상이

달라졌다

열이 활활 올라

잠이 오지 않았다

새벽 산골물로
몸을 식혀도

말을 듣지
않았다

원동 · 1

또 산하山下에게

쏟아져 나온
주인 잃은
때 묻은 책들
흙속에 묻힌
보석을 찾듯
구석구석 뒤진 뒤
수도꼭지 틀어
손을 헹구고
담밑 목로에 앉아
물인 듯 술인 듯
뚝배기 오뎅 국물에
소주 한잔
털어 넣던 날
옆자리 삐닥이는 걸상에
말더듬이 시인
말 더듬드며
성님, 춥지?
어서 술잔 비우라고
보채쌓던 사람
재수 없이

병에 걸려

진통제 맞다가 지쳐

암 데리고 그는

지지난 가을에

혼자서 가고

이제 비인 자리

나만 남아

그 자리에

이 겨울

소리 없이 눈이 내리네

하늘에서

하늘하늘

그리운 듯 그리운 듯

눈물 훔치며

눈이 내리네

거래去來

글자를 보면
가고 오는 것이다

사람이 서로
가고 온다는 뜻은 아니다

물건을 앞에 두고
사고파는 것

주고 또 준 거만큼
받는 것

사고팔고
팔고사고

거래는 세상을 돈다
지구를 돈다

거래에 길이 있다
하늘이 있다

그런 세상에

살기 위해 산다

못 배운 죄

어느 늙은 농투사니의 혼잣말

난 못 배워서
아무 것두 물러유

낫 놓고 ㄱ자도
모른다니께유

까막눈이지만
그래두

해 뜨면
나가 일허구

해 지면
집이 돌아와 자지유

죄라면
못 배운 건디

그게 어디 제 탓인가유
부모 잘못 만난 탓이지유

그치만 배운 놈
부럽지 않다니께유

배운 눔덜은
무얼 배웠는지

말짱 하나같이
도둑눔인걸유

그러챦으면 어떻게 놀고도
저렇게 잘 먹고 잘 입고

궁궐 같은 집에서
이쁜 마누라랑 산대유

뭐든지 대물림이라
뼈 빠지게 일해도 맨날 그턱이지만

죄 짓지 않으니
맘 하나는 편하다구유

못난 눔 못난 소리 헌다규유?

헐 수 읎쥬 못 배웠으니께유

어느 나라 헌법
제1조 2항

이 세상
경經 중에 경

법 중에 법이
있나니

이 세상
약 중에 약

만병통치의 약이
있나니

그것은 황금이라, 이르되
모든 권력은 황금에서 나온다

이걸 알지 못하면
어디서든 불합격

밥 굶는
떠돌이

하느님보다 높은
경의 말씀이 여기 있나니

만백성이여
황금의 충직한 신도가 되라!

배불뚝이

그짓부렁이
밥 먹듯이 하더니
배통이
남산처럼
불렀다

비 오다가 말다가

햇볕
반짝 들자
숙인 풀잎이
일어난다

산다는 일
다 그렇거니

날이
어둑하니
풀벌레 울음
높아진다

세상만사
다 그렇거니

해 지면 떠돌다
만나는 주막

닭 우는

새벽
다시 먼 길
떠나야 한다

태화산泰華山

황소 누은 듯
태화산 허리
늙은 뽕나무 몇
비탈에 서 있다
고염나무도 몇 그루
옆에서 산다
난리 적 숨어
산 사람들의
두런두런
목소리가 배어 있다
부리 노오란 새
후다닥
놀라 날아간다

막세상

잇속이 참 빠른
세상이 되었다

낳아 키워준 부모도
늙으면 모르쇠 한다

형제도 부모가 남긴
땅 몇 평 갖고 칼부림 한다

세상 다 그러려니
한탄하는 이도 없다

어쩌다가
이런 세상이 되었나

막세상이
되었다

제4부

소농사

소농사

소는
밭을 갈고
방앗간 맷돌을 돌렸다
나무와 알곡을 가득 실은
구르마를 끌었다

이제 돈이 돌고 도는 시대
소를 떼로 키워
소농사라 한다

중등학교
가사 책에
그려진 소를 보라

아메리카
대륙처럼
반듯반듯 바둑 같은 지도

주 이름처럼
붙여진

로스, 갈매기살, 생등심 또 무엇무엇

소는
지글지글 살이 타는
갈비구이가 되었다

소를 한 식구처럼
소죽 쑤어 먹이던
외양간은 이미 사라지고 없다

안부

산하山下

시 쓰는
이승의 친구 한 사람
세상을 떴다

세상을
짝사랑 하듯
사랑했던 사람

만날 적마다
욕심을 그만
덜었으면 했는데

욕심까지
무겁게
지고 갔다

생전에
인사도 없던
사람들 틈에 끼여

말없이
좋아하는
술 한 잔 없이 누웠다

그 세상에서도
친구여, 쿵쿵거리며
시를 쓰고 있는가

다른 나라

살던 세상
버리면
사람들은
그 사람 이름 앞에
고故 무엇이라 쓴다

믿는 것마다
달라
그 이름도
많다

기세棄世 또는 별세別世 졸卒 망亡 유교는
입적入寂 또는 열반涅槃 귀천歸天 불교는
소천召天 천도교는
선종善終 천주교는
환원還元 증산교는

뭐가 이중
가장 마음에 들까

가면 그만
뭐 따질 것이
있으랴

'쌀값 떨어지겠다'
그런 말만 안 들으면
되지 뭐, 안 그런가

'새'의 천상병
'무소유'의 법정
'저녁눈'의 박용래
'강'의 김대현

같은 나라 이웃으로
함께 있을까

천둥 치는 날

한울님 성났나
이를 갈 듯이
천둥이
으르렁 댄다

어디로
달아났나
쥐새끼 한 마리
보이지 않는다

어린이집
재잘거리던
노랫소리도
쏙 들어갔다

번쩍
번쩍
불빛이
하늘을 가른다

무슨 죄 지었나

침쟁이 할아버지네 밭

몰래 오이 하나 따다 먹은 것

그것밖에 없는데

여우비

후두둑 후두둑
군화 발자국으로
밟고
지나가는 비
새댁 부랴부랴
빨래를 걷고
삽 든
농부
뛰어가고
그러다가
반짝
다시
햇살 나오면
하늘 한번
쳐다보고
요 요망한
중얼중얼
눈섶에
맺힌
빗방울

대롱대롱
빛나고

여름날 소묘素描

뽕잎에
어리는
아침 안개
어디선가
쑥꾹 쑥꾹
쑥꾹새 운다

※

별도 떼 지어
소란한
짧은
여름밤
풀풀
풀벌레 울음

※

바짝바짝
조이는

한낮

햇살이 튀고

기어가던

벌레도

구멍으로

숨는다

딱따구리

절 뒤 산은
언제나 고요하다

그 고요를 깨트리는 것은
목탁소리다

산골 물소리에 섞이어
울리는 소리

언제부턴가
딱 딱 딱따구리가 찾아왔다

생나무 둥치에
부리를 박고 구멍을 뚫는다

구멍이 아니라 집인 셈인데
목탁소리보다 크다

딱따구리는
보살인가 보다

딱 따아악

잠든 산이 울린다

황도의 풍금소리

황도라는 섬은 천수만 안에 숨어 산다

한때는
여름날 보리 익어
섬 전체가 황금이었다

썰물 때면
바다는 운동장
발로 차면 공이 튀어 나갔다

바다의 숨소리 따라
난쟁이 솔이
자라는 학교

1학년서 6학년
모두 합쳐도
서른을 넘지 못했다

그 학교가
영영
문을 닫는다

울타리 파도에 씻긴
돌벽에
김옥분, 정부돌, 박분이, 윤 누구누구 남긴 이름

손바닥 만한
교실에
풍금 혼자 남았다

가끔 바다가 와서
치지만
따라 부를 새들이 없다

인과

뱀이 우글거리는
산
돌이 유난히
많았다

뱀은 하나같이
지독한 독과
날카로운 이빨을
소유했다

깊은 골
아침저녁
종을 울리는
낡은 절

그렇게
버섯처럼
붙어
보낸 서른 해

넝쿨마다
뱀이 되어
돌을 낳고
산을 키웠다

몽골의 말言語

끝없는
초원을 달리는
말발굽
소리

휘날리는
말갈기의
씽씽 바람
소리

바위 꼭대기
오색 깃발
펄럭거리는 숨결
소리

살아있는
소리
참말이니
참말이니

폐농廢農

갈수록 몸이
맘을 따르지
않는다

밭은 낯모를
풀로
가득하다

언덕에 심은
매실 열매도
떨어져 쌓이고

오미자도
저절로
익었다 떨어진다

많은 것은
벌레의
몫이지만

남은 것은
말없이
흙이 받는다

지은 집
오두막
날로 헐어가고

뱀이
나와
지킨다

봄 나란히

앞으로
나란히

들에
산에

파릇
파릇

까까머리
새싹들

어디서나
저렇듯

나란히
나란히

방죽머리 홀로 집 보기

마당
가득
바쁜 개미떼

혼자서
뒷산
솔바람 분다

아빠는
돈 벌러
대처로 나가시고

엄마는
동생 둘 들쳐 업고
산 너머 친정 가셨네

해는 져
어슬어슬
배가 고픈데

방죽머리
물귀신
발작소리 들리는데

눈 빠지게 기둘러도
엄마는
오시지 않네

가난한 시절

해 지면
모기떼
기다렸다
떼 지어
달려들고

대자리
틈새마다
숨은 벼룩떼
뛰어와 문다

누더기
실밥 틈
이가 스믈스믈
살판이 났다

아
길고 긴 밤
배고픈 밤
어이 새나

나이 먹기

나무는 나서부터
잊지 않고 안으로
나이테를
갖는다

봄날
서성이던
그림자의
그늘도 있다

소낙비
쏟아지던
여름날의
천둥도 있다

먼 길
혼자 걸어가던
자갈밭
가을이 있다

소리 없이
결론처럼 눈이 내려
마른 어깨 위에
쌓인다

왜 옛부터 나이를
먹는다고 하는 걸까
왜 지금까지 나이가
든다고 하는 걸까

둥글게
파도를 이루지만
나무는
말이 없다

눈 그친 날

산하山下

1

눈 오다
그치어

문득
그대 생각나네

한숨
잘 잤나?

금강 물
내려다보이는

자네 자리
발치에는
솔 몇 그루

섬처럼
떠 있지

원동
빈 술집

술 마실 사람
없네

2
숨 거둔
시詩
살리려고

일생
바쳐
불 피운 사람

구들
덥기 전
세상을 떠났네

재 속에
불씨, 아직
살아 있으니

그 나라
쏘시개 좀
구해 오시게

제5부

눈총

신영리를 지나며

고 이창섭 선생

마곡사를
찾아 가다가
사곡 못 미쳐
신영리를 지난다

바른쪽 물 건너
야트막한 산기슭
조용히
선생이 사신다

포플러나무
훤칠한 키에
시원시원
깊은 목소리

큰 어머니와
어머님을 함께
세상 떠나실 때까지
모시던 분

겉으로는
차돌이지만
안으로는
정 많았던 분

창공을 날아가는
하얀
한 마리
학

돌아가시기
전
이승의 빚
다 갚고

깨끗하게
이승을 뜨신
세상
마지막 선비

선생
쉬시는 앞에
빗돌 하나
세우자면서

하루가
지나고
또 한 해가
그냥 지나간다

눈총

늘 보지만
오랜만에
듣는 말이다

눈이
총이라니
쏘아 상대를
없앤다니

법은 본디
총을
쥔 자의
자본이지만

소리도
없이
쏘는
화살

말 한 마디

하지도
못 하고
사라진다

생사람
죄 없이
가난만으로
없어진다

가을비 · 1

추적추적
무거운 걸음
신발 끌듯이

머언
곳에서
걸어오는 비

창문
두드리고
바람처럼 지나자

램프
불처럼
금방 흔들거린다

우덜 여름날의 천국

우덜은
대처에서 피난 나온
재길이랑
코흘리개 넷

세상
보이는 거라곤
다
먹는 것뿐이었다

삐비, 굴뚝삐비
찔레순
시엉
칡뿌리

원두막
할아버지 비운 틈 타
개구리참외
두어 개

몰래 따
감나무 그늘에 숨어
돌아가며 한 입씩
베어 먹었다

지나가던 구름이
갑자기 심술이
났는지
소낙비를 뿌렸다

풀 덮인 마당에
후두둑 후두둑
땡감이 떨어져
떫은 감을 씹었다

어느새 거짓말처럼
햇살이
반짝 나
타는 듯 이글거렸다

물불은
냇가에
오줌을 함께
갈기고

폴짝폴짝
개구리처럼
포강에 뛰어들어
물장구를 쳤다

참새떼

아침
한나절
햇살 쪼던
것들
해
중천에 뜨니
어디론가
날아가
보이지 않았다
들머리
이삭알이
아직 남아
땅위에
떨어져 있는 걸까
해 지자
숨었던 별들이
떼 지어
내려와
빈 마당에
앉아 있다
뭘 꿈꾸는 걸까

꼭꼭 숨어라

저기
침쟁이 할아버지
오신다

꼬옥 꼭 숨어라
머리카락 보일라

저기
비틀비틀 술 취한 아버지
오신다

꼬옥 꼭 숨어라
머리카락 보일라

저 하늘 밑
까맣게 무엇이 오나

꼬옥 꼭 숨어라
머리카락 보일라

짬뽕

온갖 잡놈들이
주민등록도 없는
싸가지 없는 것들이
모여 들어 끓는 국물

쐬주 한 잔에
썩은 내장
훑는 하루가
슬슬 지나간다

까만
그만그만한
홍합 껍데기를
수북이 쌓아놓고

세상 돈 있는 놈
눈꼴 사나워 볼 수 없다고
웬 세금은 쐬주 한 컵에도 달라붙어
가막소에 가서 겨울이나 보낸다고

짬뽕은

맘 좋게 다 받아

맵고 뜨겁다

속이 다 빠지도록

원동 · 2

하릴없이
백수가 되어

버스비
왕복
육천이백 원

현충원역에 내린 다음
대전역

공짜로
전철을 탄다

처음엔 창피도 하고
미안도 하더니
슬그머니 사라지고

대전역
내려 원동

책가게
늘어선 골목에 들어선다

중도, 중부, 성신, 고려당
6/1, 책사, 국민서적

시간 가는 줄
모른다

혼자서
옛 친구 찾듯이

누우런 페이지를
넘길 때

그 깊고
고요한 마음

양손에
무게도 잊은 채 사들고

오던 길
돌아가면

저녁 어스름
나의 빈집

장강長江 기행

충칭 가는
치양장의
배에서
한 젊은이를 만났다

출장을 간다고 했다
직업은 공산주의 공장이라면서
웃었다

자본주의 파도 때문에
장사가 안 된다고 했다

나에게 물었다 어디서 왔느냐고
중국에 와서는 무얼 하느냐고

한국 시골의 대학 선생이고
여기서는 중국 근대문학을 공부한다고 했다

철학과 중문학은
북대北大가 최고라고 추켜세웠다

장강의 물이 누렇게 흘렀다
돼지 한 마리 네 발 하늘 향해 흘러갔다

황하만 그런 줄 알았는데 양자강도
그러네, 혼잣말로 중얼거리자

그는 뿌뿌뿌不不不
힘주어 고개를 내둘렀다

튼튼

시골 농업학교
세상의 유일한
학교였지

그때 안경 쓴
국어 선생님 말씀이
길이었다 어느 날 그분의 말—

어느 촌사람이
양말 공장을
차렸는데

그 양말
이름이
튼튼 양말
아무리
소리를 내어도
ㅌ 소리만 났지만

대박이 나

하루아침에
부자가 되었다, 고

'마음' 앞에
있는지 없는지 모를
'미래' 앞에

또는 내
'밥통' 위에
'다리' 위에
튼튼
을
장군처럼
놓아 본다

보호자

보호자분
이리 오세요

하얀 가운을 쓴
나이팅게일이 말했다

내 이름을
자꾸만 불렀다

일흔을 앞둔
아버지의 위수술이었다

내 온 생애
우리 집안의 가난한 가장

아버지는 언제나
우리의 보호자였다

난 큰아들, 생전 처음 보호자의
보호자가 되었다

눈물이 하염없이 쏟아져

앞이 보이지 않았다

가을 비 · 2

마른
나무

아랫도리
비에 젖는다

뒤도
돌아보지 않고

말없이
가는 가을

천국

우리나란
돈이
법인 나라

누가
뭐래도

우리나란
좋은 나라

돈만 있다면
땅만 있다면
아, 빽만 있다면

| 발문 |

이슬의 시, 鬼神의 시

—『조재훈 문학선집』 발간에 삼가 부침

임우기(문학평론가)

1

시인 조재훈 선생님을 처음 뵌 적이 1985년 즈음, 소생이 충남대전 지역의 진보적인 문학동인 잡지인『삶의 문학』의 편집장을 맡고 있을 때로 기억한다. 1980년 광주민주화운동을 시민 학살로 진압한 '신군부' 군사 독재 정권이 들어서서 온 나라가 참담하게 짓눌려 있던 시절, 운동권연하던 이 문학잡지에서 인연인지 우연인지, 일종의 객원편집장직을 맡던 시절, 편집장 직책이었던 만큼, 자연스레 민주화운동에 나선 제자 또는 후학들 뒷바라지하시는데 또 그들의 안위를 노심초사하시느라 하루도 편할 날이 없으셨던 선생님을 무슨 모임이나 집회 자리에서 가끔 뵙게 되었던 것. 하지만 몸에 맞지도 않는 옷을 벗어버리듯, 객원편집장직을 그만두고 나서 선생님을 뵙지 못하고 있다가 1990년 가을에 전혀 짐작조차 하지 못하게 문득 선생님의 방문을 맞게 되는데, 그때가 바로 대전의 충남시청 앞 형제삼계탕 3층 쪽방에서 개업한 '솔출판사' 창

업날이었다. 당시 몸 둘 바 몰랐던 기억, 지금도 그때를 떠올리면 선생님의 하염없는 사랑에 그저 머리만 깊이 숙일 따름이다.

이번에 출간되는 『조재훈 문학선집』 원고들을 살펴보다 숨이 멎듯 잠시 의식의 꺼짐마저 느껴지는 시 한 편이 있으니, 1993년 시인 정영상 군의 느닷없는 죽음을 애통해하시는 선생님 마음이 담긴 시 「너, 그렇게 가기냐—영상이에게」. 애절양이랄까, 밑도 끝도 없는 애끓음이 절절하여 시를 읽는 소생마저 눈시울이 뜨거워지고, 『삶의 문학』 편집장 시절에 가끔씩 만났던 정영상 시인의 선한 심성과 해맑은 눈매가 자꾸 떠올라 도리질해야 했다. 선생님의 가없는 제자 사랑은 익히 들어온 바이지만, 이번 『조재훈 문학선집』에 실린 여러 편의 시들에서 선생님의 제자 사랑이 타고난 천성이요 운명이라는 걸 새삼 깨닫게 된다.

그 후 서울로 이사하여 선생님을 거의 잊고 살았고 세월은 속절없이 흘러 2007년경에서야 선생님 소식을 접했다. 민족문학작가회의를 탈퇴하셨다는 소식이었는데, 이미 2000년 민족문학작가회의를 탈퇴한 소생으로선, 무덤덤한 소식이었다. 가끔 들려오는 말로는, 선생님이 탈퇴하신 까닭이 '민족문학작가회의'라는 이름이 '한국작가회의'로 바뀐 내력에 대해 비판하시고 이를 작가회의 탈퇴로서 의사를 표시하신 것이라는 전언이었다. 선생님의 작가회의 탈퇴는 자발적으로 '조직과 중앙의 문학'을 버리고 '고독과 변방의 문학'의 길을 선택하신 것이다. 비록 중앙권력인 작가회의라는 조직을 떠나 변방의 길을 택하셨지만, 이 고독한 선택이야말로 문학의 개벽, 문학의 신천지로 나아가는 길이며, 옛 현인들의 말씀대로 도를 깨치는 길임을 어렴풋이나마 알게 된다.

'변방의 문학'이라고 썼지만, 젊은 조재훈 선생님의 시와 논문들을 살펴보면, 기실 충청도는 변방의 지역이 아니다. 선생님의 시에서, 충청도를 가로지르며 흐르는 금강錦江은 그 자체로 온갖 삶들을 낳고 기르는 생명터이다. 나아가, 선생님의 사유를 더 깊이 천착하면, 사람들이 모여들어 더불어 살아가는 모든 지역들은 저마다 중심으로서 서로 교류하는 '류역流域'이다. 선생님의 역저『동학가요연구』와『백제 가요 연구』는 '류역' 문학의 소중한 사상적 미학적 뿌리를 이루고 있다.

2

시인 조재훈의 시편 전체를 개관하면 정형적 서정시 형식을 지키고 있다는 점이 우선 눈에 띈다. 시의 외모는 정갈하다. 하지만, 시의 내면은 지독하기도 또 애닯기도 한 가난과의 동고동락이 있고, 지식인으로서 소외되고 압박당하는 민중에 대한 부채의식과 책임감이 있다. 시적 정서는 곧고 열정적이고 치열하다. 가난과의 동고동락이나 민중애民衆愛 그리고 정갈한 시적 풍모로 보면 시인이 자기 신세를 두보杜甫에 투사投射하는 것도 자연스럽다 할 것이다. 두보는 괄목상대할 시인됨에 대한 자기 투사이다.

불의하고 삭막한 물질만능 세상에서 삶의 터전을 잃고 떠도는 가난한 민중들에 대한 연민 또는 의로운 연대감이 조재훈의 시작의 원동력이 되고 있음은 익히 알려진 바대로이다. 그러나, 조재훈 시 세계에서 주목할 것은 무엇보다 백제의 유민의식이요, 이에 짝을 이룬 동학東學일 것이다. 백제의 유민의식을 드러내는「또 부여에 와서」「또 부여에 가서」「눈발 흩날리는 날에」「부여행扶餘行」

연작, 백제혼을 불러들임하는 「왓소배」 같은 시 그리고 동학에서 나온 많은 시편들을 여기에 다 소개할 수는 없다. 다만 여기서 동학 사상이 어떻게 시인의 시 정신에 깊숙이 연루되어 있는지를 살펴 볼 필요가 있다.

동학의 '시천주侍天主 주문呪文' 21자에 생명의 진리가 담겨있다고 한다. 동학을 연구하는 이들 중에는 앞의 8글자 '至氣今至願爲大降' 즉 강신주문降神呪文을 빼고 뒤의 13글자 '侍天主造化定永世不忘萬事知'만을 해석하고 만다. 물론 진리의 중핵은 13글자이지만, 진리를 심신에 '불러들임'하는 주문은 앞의 8글자로 보아야 한다. 수운 선생께서 수련 중에 '한울님 귀신'과 접신하고 크게 깨치셨듯이, '至氣今至 願爲大降' 즉 강신 혹 접신이 중요한 것이다.

그렇다면 귀신은 무엇인가. 해월海月 최시형崔時亨 선생은 "움직이는 것은 기운이요 움직이고자 하는 것은 마음이요 능히 구부리고 펴고 변하고 화하는 것은 귀신이다.(動者氣也 欲動者心也 能屈能伸能變能化者 鬼神也)"라고 설했다. 태극이 움직여 음양陰陽이 생기고 음과 양이 서로 조화하는 이치에 따라 천지간 천변만화가 이루어진다. 음양의 조화造化가 곧 귀신이다. 해월 선생은 다시 이렇게 말한다. "귀신이란 천지의 음양이요 이기의 변동이요 한열의 정기이니 나누면 한 이치가 만 가지로 달라지고 합하면 한 기운일 따름이다.(鬼神者는 天地之陰陽也요 理氣之變動也요 寒熱之精氣也니 分則一理萬殊요 合則一氣而已니라.)" 한寒과 열熱이 서로 어울려 생긴 정기精氣가 귀신의 조화이다.

조재훈 시인의 시들은 이 귀신의 조화로서 정기의 산물이라 해도 과언이 아니다. 조재훈의 시는 궁극적으로 시인 자신만이 아니라 읽는 이의 기운을 바르게 하여 마음을 다스리게 한다. 하지만 중요한 것은 귀신이 작용하여 시를 생동감 있는 '시적 존재'로 조화造化한다는 사실이다. 가령, 조재훈의 시편들 중에 「이슬」이라는 시가 있다.

은하 한녘에
밤새 숨어서
피어나던 박꽃이든가, 구슬이든가
강물에 꽃잎을 뿌리며
몸을 닦는다
구불구불 삼십 고개 사십 고개
해발 몇 천의 뱀 같은 고개를 넘어
몇억 광년 십자성의 징검다리를 건너
네 꽃의 알몸에
닿는다. 아, 떨어져 있음과 떨어져 있음의
불 같은 붙음
만인에게 밟힌 만 개의 돌이
한 개의 옥으로 빛남이여
두 개 알몸의 섬에
하나의 깃발로 펄럭임이여
향그런 숲속의
새소리, 바람소리
가슴이 불러
숯불처럼 이글거리는 별들의 마음

들꽃 그 이마에

'유' 나는 사투리로

매달리던 구슬이든가, 박꽃이든가

—「이슬」 전문(선집 제2권)

이 시에서 '이슬'은 귀신의 알레고리이다. '사물의 본체'이며 자연의 본성이기도 한 귀신[1]의 조화造化가 그러하듯이, 이슬은 천변만화로 무한 변신한다. 이슬은 물 알갱이다. 물은 생명의 근원이기도 하다. 시인의 다른 시편「물의 말씀」은 생명의 근원인 물의 성질을 통해 시의 본질을 찾고 있다. 시인은 "낮은 것을 구하라/ 흘러가며 어디서나/ 소리를 내네// 이제, 겨우/헤아리겠네/ 둥근 그 말씀" 같은 시구에서처럼 시의 본질이 물의 성질과 같음을 천명한다. 물론 이러한 시구는 노자老子의 상선약수上善若水와 같이 올곧은 생활을 하기 위해 생명의 근원으로서 물의 성질에서 터득하는 지혜에서 나오는 것이다. 그러므로 '이슬'은 생명의 근원에서 나오는 환유이다. 다시 말해, 생명의 근원을 비유하는 "은하 한녘에"서 "밤새 숨어서" 있던 무수한 존재들을 '불러들임'한 도저到底한[2] 시 정신을 드러낸다. 사물들 각각을 '불러들임'으로써 사물들은 각자各自로 실존한다. 동학으로 말하면, 각지불이各知不移. 생명의 근원은 보이지 않는 법이니, 그래서 '밤새 숨어서 피어나던'이라는 표현

1 귀신의 존재에 대해 공자孔子가 한 말씀으로 알려진『중용中庸』16장의 다음 구절. "귀신의 덕은 성대하고나. 보려고 해도 보이지 않고 들으려 해도 들을 수 없고, 사물의 본체가 되어 빠뜨릴 수 없다.(…) 넓고도 넓어서 그 위에 있는 듯하고 그 옆에 있는 듯하다." 북송의 성리학자 정자程子는 "귀신은 천지의 공용功用이며 조화의 자취이다."라 했다.

2 학식이나 생각, 기술 따위가 아주 깊은.

이 나온다. '박꽃'과 '구슬'은 일견 아무 연관성이 없어 보이지만, 보이지 않는 근원에서 보면, 그 둘은 환유 관계일 뿐 아니라 생명의 근원인 이슬의 환유이기도 하다. 생명계에 '숨어서' 서로 연결되어 있는 존재끼리의 환유. 일체 만물이 생명의 근원인 이슬의 환유로 연결되어 있기에,

강물에 꽃잎을 뿌리며
몸을 닦는다
구불구불 삼십 고개 사십 고개
해발 몇 천의 뱀 같은 고개를 넘어
몇억 광년 십자성의 징검다리를 건너
네 꽃의 알몸에
닿는다. 아, 떨어져 있음과 떨어져 있음의
불 같은 붙음

같은 시구에서 보듯이, 생명의 근원을 각성한 시적 자아는 "강물에 꽃잎을 뿌리며/ 몸을 닦는" 거룩한 존재로서의 자기 각성에 이르게 되고 동시에 광대무변하는 우주적 존재로 확장되어 우주론적 상상력이 펼쳐진다. "아, 떨어져 있음과 떨어져 있음의/ 불 같은 붙음"이라는 표현은 '박꽃'과 '구슬'의 붙음이나 마찬가지 의미이다. "떨어져 있음과 떨어져 있음의/ 불 같은 붙음"은 각자가 이질적 존재임을 알면서도 근원에서 보면 하나로 귀의한다. 동학사상으로 말하면, 각지불이各知不移요 불연기연不然其然의 이치이다.

그러나 이 시가 정작 의미심장한 것은, 시도 생명의 기운을 넣어

야 비로소 시가 된다는 사실을 깨닫고 있다는 사실에 있다. 이 시가 생명 있는 시적 존재가 될 수 있는 것은 '이슬'의 환유에 귀신의 무궁한 변화가 개입되어 있기 때문이다. 곧 '이슬'은 "밤새 숨어서 피어나던 박꽃이든가, 구슬이든가"로 환유한다. "~라든가"라는 말은 환유의 고리가 수없이 이어져 있음을 보여준다. 우주론적 생명의 무한한 고리를 숨기고 있는 셈이다. 무진장한 인연의 그물망을 자각하고 있는 것이다. 무한한 한울님 속에 "숨어서" 뭇 생명은 저마다 자기 존재를 드러낸다. 이 드러냄은 하이데거식 '존재'의 드러냄이기도 하지만, 존재의 드러냄은 귀신의 활동을 드러냄이라는 점을 이해하는 것이 중요하다. 생명의 근원인 영롱한 이슬의 존재를 자각할 때, 이슬은 박꽃이라든가 구슬이라든가 별이라든가 무엇으로도 변신하여 '존재자의 존재'가 될 수 있는 것이고, 이러한 보이지 않는 무질서(不然)가 보이는 질서(其然)로 변화하는 것, 그것은 바로 귀신의 활동에 의해서 '드러난다'. (『동경대전東經大全』 「불연기연不然其然」 참고)

이처럼 조재훈 시인의 많은 시들은 신이神異한 기운을 '불러들임'으로써 생기를 머금은 시적 존재들이 된다. 그 신이한 기운의 불러들임은 시적 자아의 내면에 숨어 있던 무巫의 활동에 의해서 이루어진다. 조재훈의 시 정신 차원에서 보면, 귀신의 '불꽃'같은 활동 그 자체가 '말씀' 곧 시의 조건이 되는 셈이다. 시인의 시적 비유로 옮기면, "숨겨둔 혼의 불"(「마른 꽃대궁을 태우며」)이 시이다. '혼불'은 시의 '존재' 자체이다.

동아시아의 근원적 사상에서, 귀신은 존재의 조건이다. 1970~80

년대에 쓴 시에서부터 2010년대 중반을 넘겨 쓴 근작시까지 시인 조재훈은 시 자체의 '존재' 다시 말해 '시의 실존'을 끊임없이, 줄기차게 추구해 왔다. 비근한 예를 셀 수 없이 들 수 있다.

(1)

(……)

삐르르 삣쫑 삐르르 삣삣쫑

못질한 창문을

힘차게 열어제치듯

종다리가 운다

—「종다리」 부분(선집 제2권)

(2)

엇샤엇샤

어깨에 어깨를 잡고

강물 되어 바다에 닿는 소리를

들은 일이 있는가

(……)

늬들 고생 안한 것들 뭐 알겄냐

늬들 책상물림 뭐 알겄냐

늬들 배부른 녀석들 뭐 알겄냐

지렁이 있지 않어, 바로 그게 지룡地龍**이라구**

—「물처럼, 바람처럼」 부분(선집 제2권)

(3)

간밤 소곤소곤

어둠을 적시더니

오늘은 연두빛 봄하늘

종달이 비비 뺏죵 하늘 높이 날으니

강 건너 불알친구 보고 싶구나

—「대통령 자전거 꽁무니에 매달린 술통」 부분(선집 제2권)

(4)

비실비실 뒷걸음질쳐 얼굴을 가리지만,

타오르는 목숨의 아궁이에

불을 지피면

참아라 참아라

발열하던 꽃들의 나직한 소리,

—「월동越冬」 부분(이상, 굵은 글씨로 강조_필자, 선집 제2권)

"삐르르 뺏죵 삐르르 뺏뺏죵" "따다탕 플라스틱"같이 느닷없이 발화되는 소리들은 바로 그 느닷없는 화용話用 때문에 시는 의미를 넘어서 시 자신에 생기의 불을 지피게 된다. 시가 스스로 자기 존재감을 '불러들임'하는 것이다. 시어로서의 생생한 소리말의 작용은 그 소리가 개념의 시어가 아니라 존재의 실감實感으로서의 시어임을 드러내는 것이다. "간밤 **소곤소곤**/ 어둠을 적시더니"라거나 "종달이 **비비 뺏죵** 하늘 높이 날으니" 등의 소리말들은 의미 소통을 위한 말들이 아니라 소리의 존재감을 통해 시의 존재감을 드러내는 구실을 한다. "**비실비실** 뒷걸음질쳐 얼굴을 가리지만,/ 타오르는 목숨의 아궁이에/ 불을 지피면/ **참아라 참아라**/ 발열하던 꽃들의 나직한 소리,"에서 '비실비실'같은 소리말은 그 자체로 시적 존재가 내는 숨결이라 할 수 있으며, "**참아라 참아라**"같은 내면적인 소리도 의미 소통의 언어이기 전에 시가 내쉬는 작은 숨소리로 들린다.

진눈깨비 스륵스르륵 해소처럼 나리는 저녁
어두운 다릿목 벌거벗은 버드나무 아래서
고무신짝을 끌며 담뱃불을 붙인다

단추를 꼭꼭 잠그고, 제 몫의 봉지를 들고
저마다 종종걸음으로 집으로 돌아가고

니나노 한고비의 술집을 지나
연탄재 날리는 골목을 거쳐
우시장을 질러서 보리밭으로
뚜벅뚜벅 바람은 불어오는데

흔들리는 버드나무 가지로
하나둘 창마다 불이 켜지면
피에 피를 섞어, 살에 살을 섞어
엉덩이로 허리로 돌아가는
돌아가는 불빛들을
멀리서 바라다본다

가슴뿐인 가슴에 빈손을 얹고
별들은 가리워 보이지 않는데
머리 들고 우는 버들가지여
밟혀도 밟혀도 질경이처럼
밟히지 않는 가는 가지에
젖꼭지인 양 수없이 눈이 매달려 있나니

눈에는 삼십 리 시골길
나무 팔러 가던 겨울길이 길게 누워 있고,
조선낫의 흐느낌이 숨어 있어,
언 땅에 천년쯤 뿌리 늘이고
부들부들 떨지만 부러지지 않는
작디작은 속삭임이 숨어 있어,

진눈깨비 스륵스르륵 숨죽여 나리는 저녁
다리는 자꾸 흔들리고, 흔들리는 버드나무 아래서
쿨럭쿨럭 기침을 하며 가슴에 불을 붙인다

—「눈 나리는 저녁 버드나무 아래서」 전문

(굵은 글씨 강조_필자, 선집 제2권)

화용법에 의해 시는 그 자체가 더없이 아름답고 생기 가득한 정황情況으로서의 존재감을 드러낸다. “진눈깨비 스륵스르륵 해소처럼 나리는 저녁” “우시장을 질러서 보리밭으로/ 뚜벅뚜벅 바람은 불어오는데”“부들부들 떨지만 부러지지 않는/ 작디작은 속삭임" "진눈깨비 스륵스르륵 숨죽여 나리는 저녁" "쿨럭쿨럭 기침을 하며 가슴에 불을 붙인다" 같은 시구에서 '**스륵스르륵**' '**뚜벅뚜벅**' '**부들부들**' '**쿨럭쿨럭**' 같은 실감의 소리말들은 우주생명계의 차원에서 나직하고도 생동감 있는 존재-정황에 숨을 불어넣는 '생음生音의 기표'라고 할 만하다. 생음의 기표로서의 시어는 시의 생혼生魂을 불러 드러낸다. 이는 존재론에서의 열린 존재에 접接하는 귀신의 조화에서 직관될 수 있는 것이다. 조재훈 시에서 귀신의 조화에서 발화된 생음의 시어들은 곳곳에서 만날 수 있다. 눈에 띄는 대로, "**둥둥 북을 울리며,**/ 새벽을 향하여 힘차게/ 능금빛 깃발 날리며,/(…)"(「금강에게」, 이하, 강조는 필자) "곰마을에는 맘놓고/ 곰들이 산다/ **옹기 그릇 오손도손**/ (…)/ **솔바람 몰아가는 눈발 속에/ 후웡후웡 숨어 우는 칼날도 있다**"(「웅촌熊村」) 또는, "별들이 달아나는/ 여름날 새벽/ 연잎에 구르는/ 이슬 한 방울// **엇샤엇샤 어깨에 어깨를 잡고**/ (…)/ 눈발 멎은/ 겨울 신새벽/ 터진 구름 사이로/ **쩌렁쩌렁 기침하는/ 별 한 채/**"(「물처럼, 바람처럼」) "까짓 거 누군가 까서 입속에 깊숙이 집어넣을/ **얄리얄리** 봄밤의 한줌 술안주"(「게」) 등에서 접하게 되는 생음의 시어들은 생혼을 '불러들임' 하는 귀기鬼氣어린 주술呪術의 시어들이라 할 수 있다. 조재훈의 시에서 곧잘 드러나는 이러한 생음의 표현은 음양의 기운이 조화造化를 부려 드러나는 정기의 기표이기도 하다.

3

열여섯 나이에 미군 장갑차에 치여 "비명에 간 어느 소녀"의 비극을 소재로 삼은 듯한 시 「별이 되어, 파랑새 되어」라는 시 제목이

암시하듯이 조재훈 시에서 '별'과 '새', '하늘', '은하수', '밥', '밥상' 등은 시천주의 알레고리로서 비유이다.

(……)
누구나 다 한번은
훌훌히 간다고 하지만
난데없이 돌로 치는
미지의 손이여, 손의 장난이여

너, 하늘나라 아름다운 별이 되거라
더러 이승에 둔 혈육이 그립거든
잠든 야삼경에 살포시 내려와
유리창에 볼을 대어라

너, 푸른 하늘 날으는 파랑새가 되거라
더러 중3 이승의 동무들이 보고 싶거든
운동장 미루나무 꼭대기에 날아와
이승에서처럼 노래하거라

—「별이 되어, 파랑새 되어」 부분(선집 제2권)

이 시에서 "~하거라"같이 비원의 어투에는 애끓는 부성의 영탄으로 얼룩져있지만, 이 시가 뼈아픈 비탄감에서 그치지 않는 까닭은 "푸른 하늘"의 각성에 있다. '아름다운 별'과 '파랑새'라는 존재에게 "푸른 하늘"은 필수조건이기 때문에, '푸른 하늘의 별과 파랑

새'는 '한울님'의 메타포가 된다.

깊은 하늘로
새가 날아간다
해 오르기 전
제일로 먼저 눈 뜨는 것은
새
날개가 있기 때문이니
뜨거움은 날개
우리에게도 날개가 있다
아직 가 닿지 않은 곳을
찾으려는 꿈과
보이는 것을 꿰뚫어
보이지 않는 것을
캐어내는 열망의
눈 덮인 저 처녀지
(……)
스무 살과 스무 살 너머
펄럭이는 깃발이
미래의 들녘을 일굴 거다
(……)
일찍 눈을 뜨는 우리는
가슴 뛰는 젊은
새

창공을 가로 질러

잠든 땅을 일굴 거다

—「새들이 일구는 땅」(선집 제1권)

'새'의 이미지는 그대로 푸른 하늘의 심상으로 이어지고 이윽고 숨어 있던 한울님의 존재에로 열리게 된다. '새'의 은유는 한울님의 존재를 매개하고 '스무 살' 청년들은 물론 '스무 살 너머' 우리 모두는 저마다 '새'의 존재를 통해 시천주侍天主한 존재로서 스스로를 새로이 각성하게 되는 것. 정확히 말하면, 조재훈의 시에서 '새'는 한울님을 모시는 천지만물의 상징적 존재이다. 해월 선생이 "우리 사람이 태어난 것은 한울님의 영기를 모시고 태어난 것이요, 우리 사람이 사는 것도 또한 한울님의 영기를 모시고 사는 것이니, 어찌 반드시 사람만이 홀로 한울님을 모셨다 이르리오. 천지만물이 다 한울님 모시지 않은 것이 없다. 저 새소리도 또한 시천주의 소리니라."[3]라는 말씀과도 일맥상통한다. 새는 시천주하는 천지만물의 상징이자 환유인 것이다. 이러한 시적 사유는 조재훈 시 전반에 걸쳐 수많은 시적 변주를 거치면서 드러난다. 그 시적 사유의 드러남은 궁극적으로 '숨은 신'의 드러남 곧 '숨은 한울님'의 드러남이다.

'숨은 한울님의 드러남'이라고 방금 썼지만 그것은 단지 한울님이라는 추상적 혹은 관념적 존재의 드러남을 의미하는 것이 아니다. 왜냐하면 한울님이라는 초월적 신의 경지는 이성의 작용에 의해 드러나는 것이 아니라, 이성의 한계 너머에서 한 마음과 한 기운

3 『천도교 경전』, 294~298쪽. 해월 선생의 말씀.

이 어우러져 낳은 정기精氣의 활동 속에서 발현하기 때문이다.

조재훈 시에서 한울님은 있거나 없다. 한울님은 내 안에, 모든 각자各自의 안에 각지불이各知不移로 내재하지만, 아직 보이지 않는 존재이다. 하지만 한울님의 존재의 자각이 중요하다. 한울님의 자각은 "눈 덮인 저 처녀지"로 "미래의 들녘을 일굴" 순수하고 올곧은 행사行事를 통해 이루어진다. 일용행사日用行事는 기본적으로 구체적 일상생활에서 이루어진다. 곧 '밥 먹기'의 고루살이에 있다. 다시, 해월 선생의 말씀을 옮기면, "한울로써 한울을 먹고[以天食天]—한울로써 한울을 화함[以天化天]" 하는 것을 나날의 생활 속에서 실천하는 일은 무엇보다도 밥의 고루살이이다. 조재훈의 시편에서 가난으로 인한 설움이나 분노, 밥을 한울님의 화신으로 보는 것은 다 '한울로써 한울을 먹고 한울로써 한울을 화化하는' 한울의 세계관이 여러 표징으로 드러난 것으로 보아도 무방하다.

한 아가리씩
악을 쓰듯 비빔밥을 처넣으며
눈물이 핑 도는 것은
매워서가 아니다.
순창고추장 맛 때문이 아니다

있는 것 없는 것
찌꺼기란 찌꺼기 죄다 모아
비벼 하나가 되는 법

여름날 비지땀 흘리며
논매다 돌아와
푸성귀 온갖 잡것
두루두루 되는 대로 섞어
한 볼통아리 집어넣으며
집어넣으며 뭉클한 것은
맛이 고소해서가 아니다
참기름 맛 때문이 아니다

쌍놈은 쌍놈끼리
슬픔은 슬픔끼리
베등걸이는 베등걸이끼리
속살을 부비며
하나가 되는 법

밥 속에 굵은 눈물이 섞여 있기 때문이다
밥 속에 아린 아픔이 섞여 있기 때문이다
밥 속에 질긴 가난이 섞여 있기 때문이다
—「비빔밥을 먹으며」 전문(선집 제2권)

"한 아가리씩/ 악을 쓰듯 비빔밥을 처넣으며/ 눈물이 핑 도는 것은/ 매워서가 아니다" 시인은 가난의 아픔이나 설움을 넌지시 표시하면서도 "있는 것 없는 것/ 찌꺼기란 찌꺼기 죄다 모아/ 비벼 하나가 되는 법"을 우회적으로 알린다. 이렇듯, 밥에 온갖 개인사와 역사가 담겨 있다. 시인은 '밥속에 굵은 눈물이, 아린 아픔이, 질긴 가난이 섞여 있다'고 적는다. 보이는 역사가 지배계급의 역사라고 한다면, 보이지 않는 개인사 혹은 민중사는 눈물과 아픔과 가난의 역사이다. 간단히 말해, 눈물과 아픔과 가난은 '밥 먹기'를 어떻게 하느냐에 따라 귀결된다. 밥의 고루살이를 제대로 해야 비로소 평등한 세상이니 개인의 자유를 보장하느니 하는 이상 사회가 실현될 수 있다. 조재훈 시에서 '밥 먹기'의 고루살이가 각별한 것은 한울이 곧 밥이라는 사상에서 나온다.

허기진 긴긴 여름 해가
힘겹게 서산을 넘어가면
신새벽에 헤어졌던 식구들이
하나둘 땀 절어 모여들던
가난한 저녁 밥상
흐린 등불 아래
차례대로 둘러 앉아
지나온 하루의 이야기를 나누면서
달강달강 숟갈 부딪는 소리
모둠밥 서로 나눠 먹던
그 시절 그리워라
저녁 물린 뒤
멍석 펴고 마당에 누워
매캐한 모깃불 속에서
코에 닿을 듯 하얀 하늘 한복판의

은하수를 건너

쏟아지는 별들을

호랑 가득 주워 담다가 잠에 떨어지던

지금은 가버린

그 시절 그리워라

펄펄 열 뜨면

여린 이마에 두꺼비손을 얹고

근심스럽게 내려보던

그 얼굴 다 흙으로 돌아가고

피붙이 남은 형제들

민들레 홀씨로 뿔뿔이 흩어져,

해지면 돌아와

둘러앉던 가난한 저녁 밥상

이제 비어 있고나

비어 있고나

—「가난한 평화」 전문(굵은 글씨 강조_필자, 선집 제2권)

한울님이 곧 밥이라는 뜻은 밥은 본디 한울님 것이니 고루 나누어 먹어야 한다는 것이다. "한울로써 한울을 먹고[以天食天] —한울로써 한울을 화함[以天化天]"! 가난하기 때문에 저녁 밥상의 평화를 누릴 수 있는 이라면, 분명 그이는 가난하기에 오히려 가난한 밥상을 고루 나누는 이일 것이다. 시적 화자는 그 시절 "허기진 긴긴 여름 해가/ 힘겹게 서산을 넘어가면/ 신새벽에 헤어졌던 식구들이/ 하나둘 땀 절어 모여들던/ 가난한 저녁 밥상(……) 해지면 돌아와/ 둘러앉던 가난한 저녁 밥상"의 평화를 그리워한다. 저녁 밥상은 "이제 비어 있고나/ 비어 있고나" 하고 탄식하지만, 그 탄식은 "코에 닿을 듯 하얀 하늘 한복판의/ 은하수를 건너/ 쏟아지는 별들을/ 호랑 가득 주워 담다가 잠에 떨어지던"과 같이, 천지만물이 시천주侍天主 아닌 게 없는 시천주의 아름다운 알레고리에 의해, 시적 화자는 한울님을 모신 시천주적 존재임을 드러낸다. 조재훈 시에서 별 · 새 · 밥은 한울님의 대표적 알레고리이다. 가난한 밥상을 통해 자신이 한울님을 모신 존재임을 각성하고 실천하는 것, 조재훈의 시가 지닌 속 깊은 시적 주제라 할 수 있다.

4

무릇 사람을 포함하여 천지만물 저마다가 한울님을 모시는 존재라고 한다면, 사람 저마다의 개인사는 공식적 역사와는 일정한 거리를 가질 수밖에 없다. 공식적 기록의 역사가 이념의 역사요 이념에 의한 배제의 역사라면 무수한 개인들이 저마다 살아가는 역사는 비공식적이요 보이지 않는 숨은 역사이다. 이념의 역사가 개인사를 억압해온 지배의 역사인 반면, 개인사는 특히 민중사는 억압을 당해온 피지배의 역사이다. 하지만 중요한 점은, 조재훈의 시에서 지배계급의 공식적 역사와 피지배계급의 비공식적 역사가 언뜻 대립적이고 모순적인 듯하지만, 그 대립은 보이는 역사와 보이지 않는 역사의 대립으로서 실상은 대립하는 역사들 간의 모순을 종합하고 그 상호모순 속에서 새로운 진화론적 생명론적 역사를 넌지시 가리키고 그 역사적 미래를 길어 올리고 있다는 점이다. 어쩌면 이 대목은 우리민족의 오래된 정신으로서 여러 전통 종교

및 철학 사상 특히 동학사상의 역사관에 의지한 것이라고 말할 수 있다. 동학에서 시간은 '불연기연'의 흐름에서 이해된다. 조재훈의 시적 비유로 말하면, 가령, '겨울잠'의 메타포가 시간이다. "천년을 천길의 땅 속에 묻혀 있는/ 씨알의 잠/ 죽었다 말하지 말라/ 칼도 한겨울/ 그리움에 울음 멈추고/ 잠시 자고 있다."(「겨울잠」) 그러니까 역사는 보이지 않는 무질서한 시간이 보이는 질서의 시간으로 끊임없이 조화[造化, 곧 無爲而化]하며 진화하는 과정의 표시인 것이다. 갓 태어난 아기가 엄마 눈을 알아보듯이, 소가 주인을 알아보듯이, 황하黃河가 성인이 나오면 맑아지듯이, 역사는 숨어 있어 보이지 않는 시간의 '드러남'인 것이다. 이는 사람살이 저마다의 존재성에서 역사의 궤적이나 흔적을 통찰한다는 점에서 존재론적 역사관이라 부를 수도 있다. 하지만 아마도 여기에서 조재훈 시가 지닌 일관된 깊이와 넓이를 포착할 수 있지 않을까 생각한다. 그것은 서양 철학적 개념으로 말하면 '존재자의 존재'라는 화두를 모든 시적 소재를 통찰하는 사유의 기초로 삼으면서도, 존재론적 성찰의 한계를 넘어가서 보이지 않는 생명의 세계에 대한 통찰이 깊이 이루어지고 있다는 점. 이 보이지 않는 세계에 대한 통찰은 무의지적 거의 무의식적이기도 한데, 이는 동학이나 근대 민중종교 사상에 대한 시인의 종교에 가까운 믿음과 함께 동학의 이치에 대한 깊은 깨달음에서 연유하는 것으로 보인다.

동학을 공부하는 사람들에게마저 이제는 거의 외면당하거나 무시당하는 동학의 이치가 있다. 앞서 말한 바처럼, 그것은 귀신의 활동에 관한 이치이다. 적어도 동아시아의 원시적 유가철학이나 송유宋儒 이래 전통 성리학적 사유 차원에서 보면, 귀신론은 음양의 조화에 따른 존재론에서 기본 이치이고 지금도 여전히 긴요한 존재론적 이치이다. 귀신의 활동상을 어느 정도 뚜렷이 감지할 수 있는 신뢰할 만한 영역은 유독 예술 영역 특히 시 영역에서이다. 조재훈의 시편들은 실천적 동학과 함께 천지만물의 본체이기도 한 귀신의 활동을, 알게 모르게, 민감하게 감지하고 받아들인다. 아울러, 조재훈의 시가 품고 있는 시간관의 바탕은 불연기연不然其然이라 할 수 있다. 불연기연의 관점에서 보면, 보이지 않는 무질서의 차원이나 억압된 차원은 보이는 질서로 해방된 질서로 '드러나게' 하는 것이 중요할 것이니, 서양 것이나 동양 것이나 크게 차별할 것이 아니라, 한울님을 모신 '나'의 역사, 즉 '아니다 그렇다'의 시간관 및 공간관이 지니는 독특한 우주생명계의 진화 원리 곧 한울님의 깊고 너른 울안에서 생활하며 사유하고 감흥感興하며 진화하여 가는 마음이 중요하다. 조재훈 시는 시 안팎으로 이 진화하는 한울님의 모심[侍]에 바쳐져 있다.

또한, 후기 시편들에 이르러 정갈한 서정시 형식은 더더욱 진일보한 감이 있다. 시구는 덜어내고 버려지고 절약되고 짧아져서 마침내 크고 깊은 여백이 시를 주관하고 있는 것이다. 조재훈 후기 시의 여백들은 '아니다 그렇다', 즉 불연기연의 시선에서 깊이 해석될 필요가 있다. 시의 여백에는 시인의 마음에서 나오는 정갈한 귀신들이 쉼 없이 들고나기를 하고 있다.

5

끝으로, 선생님의 시 「금강에게」를 가만히 읊조리는 것으로 이 글을 마치고자 한다. 조재훈 선생님의 시 「금강에게」는 수운水雲 선생의 「칼노래(劍歌, 劍訣)」의 심원한 생혼生魂을 전승한 '금강류역 시가詩歌'의 특유하고 토착적인 상징성, 곧 죽은 이 원한을 씻김하는 신성한 금강의 영가詠歌요, "북을 둥둥 울리며" 악귀와 싸우는 네오샤먼의 주술呪術이요, 백제유민의 생혼을 오늘에 '불러들임' 하는 새 역사성, 새 시간성時間性의 노래이다. 아! 시 「금강에게」의 드높고 맑은 시혼이 죽어가는 이 조선 땅의 문학을 살리고 수많은 시인들, 소설가들, 평론가들을 낳고 길렀음을 이제야 알겠으니.

둥둥 북을 울리며,
새벽을 향하여 힘차게
능금빛 깃발 날리며,
앞으로 앞으로 달려가는
금강, 넌 우리의 강이다

산맥을 치달리던 마한의 말발굽 소리
흙을 목숨처럼 아끼던 백제의 손,
아스라히 머언 숨결이
달빛에 풀리듯 굽이쳐 흐른다

목수건 질끈 두른 흰옷의 설움과
가난한 골짜기마다 흘리는 땀방울들이
모이고 모여 고난의 땅을
부드럽게, 부드럽게 적시며 흐른다

흐르는 물이 마을의 초롱을 켜게 하고
모닥불과 두레가 또한 물을 흐르게 하는
하늘 아래 크낙한 어머니 핏줄
금강, 넌 우리의 강이다

그 누구, 강물의 흐느낌을 들은 일이 있는가
한밤중, 번쩍이며 뒤채이는 강의 가슴에 손을 얹어 보아라
해 설핏한 들길을 걸어본 자만,
듣는다 홀로 읽은 활자들이 일제히 일어서는 소리를

그 누구, 꿈틀대는 꿈을 동강낼 수 있는가
그 누구, 융융한 흐름을 얼릴 수 있는가
등성이에서 바라보면 넌 과거에서 오지만
발목을 담그면 청청한 현재, 열린 미래다

정직한 이마에 맺히는 이슬,
넘기는 페이지마다, 발자욱마다
들창이 열리고 산이 열리고
꽁꽁 얼어붙은 침묵이 열린다

둥둥 북을 울리며,
새벽을 향하여 힘차게
능금빛 깃발 날리며,
앞으로 앞으로 달려가는

금강, 넌 우리의 강이다.

—「금강에게」 전문(선집 제2권)

조재훈 선생님은 금강 류역이 낳은 우리 시대의 현인賢人이요 은군자隱君子이십니다. 선생님의 시와 글들을 통해 많은 배움을 갖게 됩니다. 선생님의 시집에 발문이니 해설이니 따위 감히 올릴 수도 없는 처지입니다만, 선생님 시의 가르침을 받들어 글월 몇 줄 올릴 용기를 내었습니다. 조재훈 선생님, 만수무강하시길 비옵니다.

미욱한 제자, 큰절을 올립니다.

조재훈 문학선집 제1권
시선 I

1판 1쇄 인쇄 2018년 8월 27일
1판 1쇄 발행 2018년 9월 17일

지은이 조재훈
펴낸이 임양묵
펴낸곳 솔출판사

편집 조소연 이신아
디자인 오주희 박민지
경영 및 마케팅 김형열
재무관리 이혜미 김용렬

주소 서울시 마포구 와우산로29가길 80(서교동) 4층
전화 02-332-1526
팩시밀리 02-332-1529
홈페이지 www.solbook.co.kr
이메일 solbook@solbook.co.kr
출판등록 1990년 9월 15일 제10-420호

ISBN 979-11-6020-056-0 (04810)
979-11-6020-055-3 (세트)

• 이 도서의 국립중앙도서관 출판예정도서목록(CIP)은 서지정보유통지원시스템 홈페이지(http://seoji.nl.go.kr)와 국가자료공동목록시스템(http://www.nl.go.kr/kolisnet)에서 이용하실 수 있습니다. (CIP제어번호:CIP2018024133)
• 잘못된 책은 구입한 곳에서 바꿔드립니다.
• 책값은 뒤표지에 표시되어 있습니다.